LE CHAMPION BRISÉ

L'auteur

Lauren Brooke a grandi dans un ranch en Virginie et vit à présent en Angleterre, dans le Leicestershire. Elle sut monter à cheval avant même de savoir marcher. Dès l'âge de six ans, elle a régulièrement participé à des concours équestres. Elle fait tous les jours de longues balades à cheval, accompagnée par son mari, vétérinaire spécialiste des chevaux.

Vous aimez les livres de la série

Heartland

Écrivez-nous
pour nous faire partager votre enthousiasme.
Pocket Jeunesse, 12, avenue d'Italie, 75013 Paris.

Heartland

Lauren Brooke

Le champion brisé

Traduit de l'anglais par Emmanuelle Lavabre

POCKET
jeunesse

Titre original :
Out of the Darkness

Loi n° 49 956 du 16 juillet 1949 sur les publications destinées à la jeunesse : février 2002
Publié pour la première fois en janvier 2002
par Scholastic Inc.

La série « Heartland » a été créée par
Working Partners Ltd, Londres.

ISBN : 2-266-11884-6

Seule Laura peut comprendre
leur douleur,

seule Laura sait
comment soigner leurs blessures,

seule Laura leur redonnera
confiance en la vie...

Partagez avec elle, à

Heartland

sa passion des chevaux.

À Gill Harvey, mes sincères remerciements.
À Natacha, une fan d'Heartland.

1

La pouliche huma l'air vif à pleins naseaux. Soudain, elle s'ébroua, pivota dans la neige et rejoignit sa mère au galop. Elle piqua du museau sous le large ventre et se mit à téter goulûment.

Laura observait la scène depuis la barrière.

— Aube ! appela-t-elle.

La pouliche se figea, les oreilles dressées. Sa robe noisette brillait au soleil déclinant. Elle avança d'un pas.

— Viens, ma belle.

Cette fois, Aube prit le trot. Laura sentit son cœur bondir dans sa poitrine. Le gracieux animal, frémissant d'impatience, posa ses lèvres duveteuses sur son bras. Laura caressa l'encolure soyeuse.

— Elle a changé, hein ? commenta Ted en s'accoudant à la barrière.

Souriante, la jeune fille approuva.

Ted avait trois ans de plus qu'elle. À part Laura, personne à Heartland ne connaissait mieux les chevaux que lui. Mais la petite jument leur avait donné du fil à retordre : jusqu'à Noël, elle s'était méfiée de tout le monde. Elle était née comme ça, fière et ombrageuse.

Seule Laura avait trouvé le moyen de l'approcher. Aube avait contracté un virus et la jeune fille l'avait soignée. Depuis, Ted et John, les deux palefreniers du haras, s'en occupaient aussi souvent que possible.

La pouliche souffla doucement sur la main tendue du garçon.

— À mon avis, elle est prête, estima-t-il. Il va falloir lui trouver un nouveau propriétaire.

— Elle est à peine guérie, protesta Laura. Et son éducation vient juste de commencer.

— Mais regarde-la ! Elle a l'œil vif, le poil brillant... Non seulement elle nous accepte, mais elle recherche notre compagnie.

Il avait raison. N'empêche, le lien était trop neuf, trop fragile. Laura voulait la garder encore un peu.

Un corbeau se posa à l'autre bout du pré. Avec un hennissement aigu, Aube piqua un galop dans sa direction.

— Tu as vu ! s'écria Laura. Elle est toujours aussi imprévisible.

Ted fronça les sourcils.

— Hum... elle est surtout pleine d'énergie, et tu le sais très bien. De toute façon, on ne peut pas les garder tous. Il nous faut de la place pour les autres chevaux. Ceux qui ont vraiment besoin d'aide.

Laura baissa la tête. Heartland fonctionnait ainsi depuis que sa mère l'avait créé, douze ans plus tôt : une fois guéris, les chevaux devaient partir.

— Je te demande juste un peu de temps, supplia-t-elle.

— O.K., on en reparlera plus tard. Laissons-les profiter des derniers rayons du soleil. Viens !

Ils prirent la direction des écuries. Sur

leur gauche, deux chevaux cherchaient quelques brins d'herbe sous la neige. Ted s'arrêta.

— Je vais rentrer Jake et Moochie.

— D'accord, j'ai compris. Je n'ai plus qu'à ranger la sellerie.

Le jeune homme sourit. S'occuper de cette pièce était une vraie corvée. Malgré leurs efforts, elle croulait toujours sous un monstrueux désordre.

— Bon courage ! Avec un peu de chance, je passerai t'aider tout à l'heure.

— C'est ça !

Laura pénétra sans entrain dans la sellerie. Les selles étaient empilées à deux ou trois par emplacement. Le mur de gauche disparaissait sous une rangée de brides, surmontées d'une tonne de photos et de décorations. À quoi s'ajoutaient la table, les caisses de rangement, les licols, les martingales, les longes... À peine si on pouvait y mettre un pied.

Laura ramassa une bride. Par la porte, John jeta un sac de pansage dans une caisse.

— Ça roule ?

— Pas vraiment. J'essaie de trouver de la place. Et toi ? Rainbow a bien travaillé ?

— Super. Il progresse de jour en jour.

À six ans, Rainbow – le hongre de John – sautait déjà de gros obstacles.

Le garçon montra le mur de gauche.

— Tu n'as qu'à enlever les photos et les remplacer par des porte-selles supplémentaires, proposa-t-il.

Laura leva les yeux. Il y avait une photo d'elle sur Sundance, une de sa mère sur Pegasus et les portraits jaunis d'une foule de chevaux soignés par Marion, quand Laura était petite. Maintenant que Marion et Pegasus avaient disparu, il était peut-être temps de décrocher ces vestiges du passé.

— Tu as raison. Je vais demander à Lou et à Grand-père ce qu'ils en pensent.

Laura ôta ses bottes dans l'entrée et gagna le bureau. Elle passa la tête dans l'entrebâillement de la porte. Lou, sa sœur aînée, fixait l'écran de son ordinateur.

— Salut. Je viens d'avoir une idée pour la sellerie : si on remplaçait les photos par de nouveaux porte-selles ? On y verrait plus clair.

— Pardon ? répliqua Lou d'un air absent.

Sans quitter l'écran des yeux, elle se mit à taper sur le clavier à toute vitesse.

— La sellerie, répéta Laura. Il n'y a plus de place, on est obligés d'empiler les selles.

— Ah... euh, oui. Bonne idée. Et ça vaut combien, un porte-selle ?

— À toi de te renseigner.

Laura indiqua le portable du menton :

— Au fait, il te plaît, ton nouveau jouet ?

Lou leva la tête, indignée. Quand elle vit l'expression taquine de sa sœur, elle se radoucit.

— Ce « jouet » va nous changer la vie, mademoiselle. On expédiera les affaires courantes dix fois plus vite, avec, en prime, plein de perspectives nouvelles.

Elle tourna l'écran vers Laura.

— Regarde, j'ai lancé une recherche sur les fournisseurs de litière. Il existe de nouveaux produits, moins chers et plus maniables.

— Mais, on a toujours utilisé de la paille...

Laura s'interrompit. Pour elle, l'intérêt des chevaux passait avant tout. Les histoires d'argent et d'ordinateur l'ennuyaient. Elle s'efforça quand même de paraître intéressée.

— Enfin, on peut essayer.

Le téléphone sonna. Lou adressa un sourire à sa cadette et tendit le bras vers le combiné.

Depuis que la jeune femme était revenue de New York, cinq mois plus tôt, Laura et elle avaient parfois du mal à s'entendre. Elles ne voyaient pas les choses de la même manière. Mais Lou faisait désormais partie intégrante d'Heartland. Petit à petit, à force d'efforts de part et d'autre, les deux sœurs se comprenaient mieux.

— Merci d'avoir répondu aussi vite, disait Lou au téléphone. O.K. pour dimanche, c'est parfait... 14 h 30, oui... Merci. À dimanche.

Elle raccrocha et leva un visage légèrement empourpré vers Laura.

— Assieds-toi, j'ai quelque chose d'important à t'annoncer.

— Quoi ?

— On a un nouveau client. J'ai trouvé un cheval à soigner.

— Toi ?

— Eh oui, répliqua Lou avec un grand sourire. Ça fait un moment que j'y réfléchis : pourquoi ne pas contacter les gens directement, au lieu d'attendre qu'ils viennent nous consulter ? Alors voilà...

— Raconte ! C'est qui ?

— Tu te souviens de l'incendie, en novembre ? Au centre d'entraînement, près de Baltimore ?

— Bien sûr. C'était dans tous les journaux. Brookland.

— C'est ça. Je les ai appelés hier pour leur proposer nos services.

— Mais ce sont des chevaux de course !

— Et alors ?

— Euh... ils sont souvent hyper-nerveux... du genre difficile à contrôler.

Voyant la mine déconfite de sa sœur, elle se reprit :

— Tu aurais dû m'en parler avant, Lou.

— C'est vrai, désolée. En fait, je ne pensais pas qu'ils accepteraient aussi vite.

— Bon, soupira Laura. Alors, ce cheval ?

— Il s'appelle Prince Galant.

— Quoi ?

C'était l'un des meilleurs « trois ans » de la saison passée, vainqueur du Grand Prix des éleveurs. Quand l'incendie s'était déclaré, il avait réussi à défoncer la porte de son box, alertant le garçon d'écurie – et sauvant du même coup la vie des autres chevaux. Mais ses tendons étaient brisés : il ne courrait jamais plus.

— Qu'est-ce qu'il est devenu ?

Lou baissa la tête.

— On l'a envoyé dans un centre de soins spécialisé. Ils n'ont rien pu faire. Il est couvert de cicatrices, à moitié fou. Personne ne peut l'approcher. J'ai parlé à l'entraîneur, Luke Norton, qui m'a paru totalement dépassé. Il faut l'aider ! Le propriétaire est très attaché à son cheval. Il possède un haras, Prince pourrait y servir d'étalon.

Laura réfléchit. Un champion pareil... Si elle parvenait à le guérir...

— Il faudrait le séparer des juments, dit-elle enfin. Je vais en parler à Ted.

— Donne-moi vite ta réponse.

2

— Ted ! Ted ! Ah, te voilà !

Le jeune homme retirait la couverture de Jake. Dans la stalle voisine, Moochie tirait déjà sur son foin.

— Quoi ? fit Ted.

— Prince Galant, tu te rappelles ? Le cheval de l'incendie, à Brookland ? Il va peut-être venir !

Le jeune homme parut interloqué.

— Je te jure ! poursuivit Laura. Lou a parlé à son entraîneur. Le propriétaire veut l'utiliser comme étalon, mais il est gravement traumatisé.

— Tu m'étonnes... Et depuis quand on soigne les chevaux de course ?

Laura s'attendait à sa réaction. Ils avaient l'habitude des chevaux difficiles, mais un pur-sang à demi fou, c'était autre chose. Et ils étaient déjà débordés de travail.

— On n'a jamais refusé d'aider un cheval.

— Non, et je ne vois pas pourquoi on devrait commencer. Ça ne va pas être de la tarte, mais...

— Alors, tu es d'accord ? coupa Laura, pleine d'espoir.

— Mmm... À condition de savoir où le mettre.

Laura parcourut l'écurie des yeux. Il y avait six stalles de chaque côté, plus six encore dans l'annexe. Sundance, Moochie, Jake, Pirate, Crispin, Blackjack... Rainbow... les juments...

— Le mieux serait de l'installer au fond, entouré de hongres. On laisse une stalle vide à côté de lui pour plus de sécurité. Il suffit de déplacer Rainbow. Je vais demander à John.

— Je m'en charge. De toute façon, c'est la seule solution.

Le soleil venait de disparaître derrière la maison. Ted s'éloigna en direction des paddocks et Laura regagna la cuisine.

— Salut, Grand-père ! Lou t'a parlé de Prince ?

— Tu penses bien ! Sacré tournant pour nous, hein ?

Jack Bartlett scruta sa petite-fille du regard, les yeux plissés.

— Attention, il ne faudra pas te laisser dépasser. Surtout quand on sera sous les feux des projecteurs. Avec une star pareille, on va avoir les journalistes sur le dos.

— Et alors ? Il sera traité comme les autres, c'est tout.

— Peut-être. Mais attends-toi à subir une forte pression.

Laura se sentit soudain anxieuse. Mais à quoi bon s'inquiéter, tant qu'elle n'avait pas vu le pur-sang ? D'ailleurs, Heartland n'en était pas à son premier cheval traumatisé. Et celui-là avait besoin d'eux. C'était même sa dernière chance. Tout se passerait bien.

— Tu veux que j'appelle Norton pour

annuler ? s'inquiéta Lou, qui avait senti les hésitations de sa sœur.

— Non, trancha Laura. On le prend.

— Hé, devine la nouvelle ! On va avoir un pur-sang !

Soraya ouvrit de grands yeux. Un regard sévère du prof la fit piquer du nez dans son livre.

— Je t'expliquerai tout à l'heure !

À la sortie des cours, Laura raconta leur projet à son amie.

— Incroyable !

— On peut savoir de quoi vous parlez ? s'enquit une voix dans leur dos.

C'était Matt Trewin, flanqué d'Angela Gorst.

Quand il lui avait demandé de sortir avec lui à Noël, Laura s'était sentie horriblement mal à l'aise. Matt était son meilleur ami, rien de plus. Du coup, il avait choisi Angela – que Laura détestait – et leurs relations s'étaient durcies.

Elle mourait d'envie d'annoncer la nouvelle à Matt, mais pas en présence d'Angela. Sa mère dirigeait un centre équestre aux méthodes radicalement différentes de celles d'Heartland. Elle ne manquait jamais une occasion de rabaisser Laura.

— Alors, quoi de neuf ? répéta Matt.

— Oh, rien. Au fait, qui a terminé son devoir de physique ? lança Laura à la cantonade.

— Pourquoi ? Tu veux recopier celui de Matt, comme d'habitude ? ironisa Angela.

Laura lui jeta un regard noir. Matt et Soraya l'aidaient souvent quand elle était débordée. Et alors ? Angela n'avait pas à s'en mêler.

— Tu parles ! Je l'ai déjà fini.

— Ça, c'est une nouvelle ! se moqua Matt avant de s'éloigner.

Laura le suivit des yeux, stupéfaite. Qu'est-ce qu'il pouvait bien trouver à cette crâneuse ?

— Tu l'as vraiment fait ? souffla Soraya.

— Bien sûr que non. Tu peux m'aider ?

— Comme d'hab' !

Malgré l'aide de son amie, Laura n'arrivait pas à se concentrer. Elle était obsédée par l'étalon. Dans quel état de souffrance serait-il ? Elle tenta d'imaginer la terreur d'un cheval piégé par les flammes et frissonna. Il faudrait du temps, beaucoup de patience. Le Prince d'aujourd'hui n'avait sûrement rien à voir avec le superbe animal qu'elle avait admiré l'année précédente à la télé. Saurait-elle établir le contact ? Et par où commencer ?

3

— Lou ! cria Laura en pénétrant dans la cuisine. C'était qui ?

Elle venait de croiser une voiture sortant du ranch, alors qu'elle rentrait enfin du collège.

— Je suis là ! répondit sa sœur depuis le salon.

Laura découvrit les fauteuils soigneusement alignés les uns en face des autres. Lou replaçait les albums de photos dans la bibliothèque.

— On a eu la visite d'un journaliste, expliqua la jeune femme d'un ton animé. Pour un article à paraître dans le *Richmond Post*.

Laura en resta bouche bée.

— Eh oui ! Grâce à Prince.

— Mais comment ont-ils su aussi vite ? s'enquit Laura.

— Une fuite en provenance de Brookland, j'imagine. Le type m'a posé un tas de questions sur Heartland, nos méthodes, Maman, ce qui lui est arrivé...

Laura soupira profondément.

— La routine, quoi...

— Allons sœurette, ça ne peut pas nous faire de mal.

Le lendemain matin, Laura essaya de penser à autre chose en se rendant aux écuries. Elle commença par Aube et Melody.

— Bonjour, ma belle, souffla-t-elle à la jument. J'emmène ta fille se promener.

Quand la pouliche franchit le seuil de l'écurie, Melody hennit d'inquiétude. Mais la petite observait déjà les alentours, ravie. Laura la conduisit au bout de la cour, puis lui ordonna de s'arrêter. La pouliche obéit. Comme chaque matin, Laura passa ses mains sur son dos et ses flancs, puis lui demanda de donner ses pieds, un par un. Quand elle serait grande, on pourrait ainsi la ferrer et lui curer les sabots sans qu'elle s'affole. Aube se prêta au jeu avec plaisir, gratifiant même Laura d'un affectueux coup de tête.

— C'est bien, ma jolie.

— Quels progrès ! constata John qui sortait de la grange.

— N'est-ce pas ? Tu as un moment ?

— J'allais longer Rainbow, mais ça peut attendre.

— Tu pourrais t'occuper d'Aube ? Il faut qu'elle s'habitue à passer de main en main. Une dizaine de minutes, ça suffit. Il vaut mieux qu'elle ne me voie pas, mais en cas de souci, je serai dans la sellerie.

— Ça marche.

Laura gagna la pièce encombrée.

« Zut, j'ai oublié de demander à Grand-père pour les photos », songea-t-elle.

Elle s'appliquait à nettoyer la selle de Sundance quand Ted apparut à la porte. Leurs regards se croisèrent. Ils ne s'étaient pas vus de la semaine.

— Ça va ? demanda Ted doucement.

— Pas mal. J'ai laissé Aube à John. Et toi, tu vas déménager les hongres ?

Elle tendit la main vers le savon, qui glissa jusqu'aux pieds de Ted. Le jeune homme le ramassa, s'approcha pour le lui rendre. Rougissante, elle se remit à l'œuvre. Depuis qu'il l'avait embrassée, le soir de Noël, Ted cherchait à lui parler, elle le savait. Il comptait beaucoup pour elle, mais de quelle façon ? Et si elle prenait les devants, que lui dire ? Pas question de passer pour une de ces filles du collège qui ne pensaient qu'à se trouver un petit copain.

— Laura... commença Ted.

— Ted, je... dit-elle en même temps.

Tous deux s'interrompirent, face à face.

— Laura ! J'ai fini avec Aube ! Je la rentre ?

La voix de John sur le seuil les fit sursauter.

— Je vais le faire, répondit Laura.

Soulagée par cette diversion, elle se glissa dehors.

— Comment ça s'est passé ? demanda-t-elle à John.

— Bien. Mais Melody est un peu stressée.

Laura se tourna vers la jument qui tendait le cou pour apercevoir sa fille. « Je devrais retourner dans la sellerie, pensa la jeune fille. Il faut que je parle à Ted. »

Mais quelque chose l'en empêchait. S'il se fâchait ? Il était plus facile d'agir comme si de rien n'était.

Quand elle ressortit de l'écurie, Ted conduisait Pirate à l'annexe. Elle regretta sa décision.

« Zut ! J'aurais dû lui parler. »

Elle tenta de repousser cette idée et marcha vers la sellerie. Tant pis ! Elle avait beaucoup de travail. Elle penserait à Ted plus tard...

L'estomac dans les talons, Laura se préparait un sandwich dans la cuisine quand elle entendit sa sœur parler au téléphone. Apparemment, c'était Scott Trewin, le vétérinaire du coin – frère de Matt et nouveau petit ami de Lou.

— Mais non, Scott, ça n'a rien à voir, s'énervait Lou. Enfin, ne le prends pas pour toi !

Ce n'était pas leur genre de se disputer. Laura se sentit gênée.

— Écoute, poursuivait Lou. C'est une

question de principe. Je ne vois pas en quoi ça t'ennuie.

Laura aperçut le *Richmond Post* sur le buffet. Elle y chercha fébrilement l'article consacré à Heartland. Lou raccrocha. Elle se laissa tomber sur une chaise, visiblement furieuse.

— Page 24, lâcha-t-elle. Quelle mouche a piqué Scott ?

Laura lui lança un regard interrogateur.

— J'ai envoyé une lettre à nos fournisseurs indiquant que, dorénavant, nous réglerions les factures à la fin du mois. Tu vois le genre, une lettre standard, tout ce qu'il y a de plus normal. Et monsieur s'est vexé, parce qu'il préférait l'ancien système. Tu parles ! Le désordre organisé, oui !

— Attends, c'est notre véto depuis des années ! s'écria Laura.

— Peut-être, n'empêche que ma méthode sera mille fois plus efficace.

Peu convaincue, Laura préféra se plonger dans l'article.

Prince Galant joue son va-tout

Depuis l'incendie qui a ravagé les écuries de

Brookland en novembre dernier, Prince Galant, le héros de cette terrible nuit, ne se laisse plus approcher. Il ne reste qu'un espoir à son propriétaire : que l'étalon traumatisé retrouve ses esprits à Heartland, un centre de dressage où les plus sauvages finissent par rentrer dans le rang.

Laura fronça les sourcils. On ne « dressait » pas les chevaux à Heartland et, d'ailleurs, un cheval anxieux n'avait rien d'un animal sauvage. Il s'agissait de gagner sa confiance, pas de le contraindre.

Le centre a été créé il y a douze ans par Marion Fleming, disparue tragiquement l'année dernière. À sa mort, ses proches ont repris le flambeau. L'arrivée du prestigieux Prince Galant est un vrai défi pour la jeune équipe. Sera-t-elle à la hauteur ? La réputation d'Heartland est en jeu.

— Oh là là ! s'écria Laura. Tu as lu ?

— Oui. Ils ont l'art de faire monter la pression.

Laura sentit son estomac se nouer. Aurait-elle les nerfs assez solides ?

4

Jack Bartlett promena son regard autour de la table, où tous s'étaient réunis pour le déjeuner dominical.

— Ne laissez entrer aucun journaliste avant l'arrivée de Prince. Il sera déjà suffisamment stressé par le voyage – et je ne veux plus de publicité. L'article du *Richmond Post* nous a fait assez de mal.

— Ne t'inquiète pas, répliqua Lou. Si jamais je repère un fouineur, je le vire. Et quand le cheval sera là, on refermera le portail.

— Leur curiosité va vite retomber, intervint Laura. Ils ne vont tout de même pas camper dans les écuries !

Ted et John approuvèrent. La fermeté de

son grand-père rassurait un peu la jeune fille, mais elle avait toujours l'estomac noué. Elle repoussa son assiette.

— O.K., je retourne au boulot, annonça Ted. Je vous rejoins à deux heures et demie.

Lou commença à débarrasser. John et Laura se levèrent pour l'aider.

— Laissez, dit Lou. Allez plutôt vous préparer.

Le camion entra en cahotant dans la cour. Deux hommes en descendirent.

— Louise Fleming ? demanda le plus âgé, la cinquantaine environ.

— C'est moi, répondit Lou.

— Je suis Luke Norton. On s'est parlé au téléphone.

Lou serra la main tendue, puis elle se tourna vers Ted et Laura.

— Voilà ma sœur, Laura, et Ted Baldwin. Ils s'occuperont de Prince Galant.

L'entraîneur leur jeta à peine un regard.

— Et qui va le rééduquer ?

— Eh bien, eux, comme je viens de le dire, précisa vivement Lou.

L'homme leva un sourcil étonné.

— Bah, du moment qu'ils assurent... Dans quel bâtiment on l'installe ?

— Derrière, répondit Ted.

Luke Norton fit signe à son palefrenier, qui commença à tirer les loquets du van.

Pleine d'appréhension, Laura le regarda s'affairer, tandis qu'elle écoutait d'une oreille distraite l'entraîneur lui raconter l'accident, les bras croisés sur la poitrine.

Soudain, elle imagina l'incendie, les chevaux affolés poussant des hennissements aigus, la fumée, la chaleur intolérable... l'épouvante tournant à la panique générale... et Prince cabré au-dessus des flammes, le bois de sa porte volant en éclats sous ses sabots.

Le fracas de la rampe s'abattant sur les pavés la ramena à la réalité. Elle s'avança, jeta un œil dans la pénombre du camion et fut très étonnée. Elle s'attendait au minimum à un piétinement nerveux... Rien. Silence total. Le palefrenier apparut, menant l'étalon par un simple licol. L'animal réputé incontrôlable s'engagea gauchement dans la descente, l'air aussi doux qu'un agneau.

Laura n'en revenait pas. Le vainqueur du Grand Prix était méconnaissable. Une profonde cicatrice lui tordait la joue droite ; le poil n'avait pas repoussé sur ses antérieurs et son épaule, laissant nue la chair durcie par les brûlures. La jeune fille se tourna vivement vers l'entraîneur.

— Vous lui avez donné un tranquillisant ?

— Évidemment. Il n'aurait jamais pu voyager, sinon.

Laura croisa le regard de Ted. Il fallait s'y attendre. De toute façon, comment un cheval aussi traumatisé pouvait-il tenir enfermé dans un van ? Elle étudia la tête basse du pur-sang, ses yeux mornes et vides. Elle s'approcha doucement, effleura la longue balafre rouge.

— Prince, murmura-t-elle.

L'animal lui jeta un regard inexpressif et recula d'un pas.

— Ho ! intervint le jeune palefrenier.

— Vous êtes son soigneur ? demanda Laura.

— Euh, non... c'était Tom Bailey.

— *C'était ?*

— Il est parti, répondit Luke Norton à la place du garçon, visiblement mal à l'aise. Allez, Sam, dépêche-toi de le rentrer avant qu'il recommence ses bêtises.

Ted et Laura montrèrent le chemin du box au garçon. Une fois installé, l'étalon renifla son foin sans enthousiasme. Les hongres, excités par le nouveau venu, hennirent à tour de rôle. Le blessé ne broncha pas.

— Bien... lui dit gentiment Laura.

Elle se tourna vers Sam :

— Vous avez dû lui donner une sacrée dose. Il en a pour un moment, on dirait.

— Ouais, mais faites gaffe, après.

— Comment ça ?

— Il chauffe vite. À mon avis, il n'y a plus grand-chose à en tirer. Enfin... Où est-ce que je mets ses affaires ?

— Suis-moi, répondit Ted.

Dans la cour, Lou discutait poliment avec Luke Norton.

— Je ne peux pas vous dire combien de temps il faudra le garder. Chaque cheval est différent. Mais on vous tiendra au courant.

— Très bien. Je préviendrai M. Hartley, le propriétaire. Après tout, c'est lui qui paie.

Il se tourna vers le camion. Sam, qui avait fini de décharger, relevait la rampe.

— On y va, dit Norton.

Il s'installa au volant et mit le contact, pendant que le garçon grimpait à son côté. Le camion effectua un demi-tour et s'engagea sur le chemin.

— Je me demande ce qui nous attend, soupira Laura en le suivant des yeux.

— Qui vivra verra, répliqua Ted.

Ils retournèrent à l'écurie. Laura admira les traits racés du pur-sang, dont la finesse exceptionnelle était signe d'une personnalité réceptive et d'une profonde sensibilité. Comment croire à la prétendue violence de l'animal ?

— On va d'abord se concentrer sur ses blessures, déclara Ted. La douleur aggrave toujours les problèmes.

— Scott doit passer tout à l'heure, on lui demandera son avis.

Le vétérinaire arriva une heure plus tard. Les plaies mal refermées de l'étalon lui arrachèrent un sifflement incrédule. Il entra dans la stalle, passa doucement la main sur les antérieurs meurtris. Le cheval tressaillit, mais ne s'écarta pas.

— Le tranquillisant agit encore, expliqua Scott. Je peux le voir dehors ?

— Bien sûr, répondit Laura.

Dans la cour, il observa en spécialiste la marche prudente et inégale du cheval.

— Mmm... la guérison est en bonne voie. Il restera boiteux, mais ça ne devrait pas l'empêcher de travailler. Il en aura besoin : comme tu le sais, les chevaux de course subissent un entraînement intensif dès leur plus jeune âge et l'inactivité ne leur vaut rien. Ils s'agitent, ils engraissent – quoique, de ce côté-là, un peu de lard ne lui ferait pas de mal.

Il souleva une des paupières du pur-sang. Aucune réaction.

— Il est arrivé quand, Laura ?

— Il y a une heure, environ.

— L'effet du tranquillisant va bientôt s'estomper. Son attitude peut changer du tout au tout. Appelez-moi si vous avez des problèmes. Je file terminer ma tournée. Au fait, dis à la patronne que je lui enverrai sa facture. Je l'appellerai ce soir, après mes opérations.

Ted et Laura passèrent voir Prince plusieurs fois dans l'après-midi. À chaque visite, ils le trouvaient plus agité. Des nuages noirs s'amoncelaient dans le ciel, écourtant le crépuscule. À la nuit tombée, le cheval tournait nerveusement dans son box.

— On a intérêt à le surveiller de près, dit Laura. L'orage ne va pas arranger les choses. Mieux vaut lui donner sa ration tout de suite, je vais diluer un calmant dans son eau.

— Et si on essayait ce vieux remède de ta mère, tu sais, à base de noix ? Va voir dans le bouquin, ça fait un bail qu'on ne l'a pas utilisé.

Laura se rendit à la réserve, mélangea les céréales de l'étalon dans un seau, puis attrapa un livre tout écorné sur l'étagère. C'était l'ouvrage de référence de sa mère. Ted et elle le consultaient à la moindre occasion.

L'essence de noix facilite l'accoutumance au

changement, qu'il s'agisse des conditions de vie ou du milieu environnant.

« Parfait », songea Laura. Elle passa en revue les petits flacons bruns alignés devant ses yeux, en choisit deux qu'elle glissa dans sa poche. Dehors, de grosses gouttes commençaient à s'écraser sur les pavés. Laura courut jusqu'à l'écurie, où Prince cognait déjà contre sa porte. Comme elle tirait le verrou, un éclair zébra le ciel, suivi d'un coup de tonnerre. Les stalles se retrouvèrent plongées dans le noir.

Laura étouffa un cri. Un hennissement strident retentit. Prince ! À la lueur d'un nouvel éclair, elle distingua le blanc des yeux révulsés, les sabots qui brillaient. L'étalon cabré retomba de tout son poids sur la porte. Déjà, il se dressait de nouveau au-dessus d'elle. Les antérieurs frappèrent une deuxième fois. Horrifiée, Laura entendit le bois craquer... Elle lâcha son seau et courut dehors.

5

— Ted ! Ted !

Au même instant, l'électricité revint. La cour s'illumina. Laura fit demi-tour et retourna précipitamment dans l'écurie. L'étalon terrifié poursuivait son ramdam, la robe couverte d'écume, les yeux fous de panique, les naseaux rouges et dilatés. Il fonça contre le mur, puis se cabra une nouvelle fois.

Du sang coulait le long de son antérieur.

— Prince ! Prince ! Du calme !

Le pur-sang sembla n'avoir rien entendu.

— Il a perdu la tête ! cria Laura à Ted. Et il affole les autres !

John accourut.

— Que se passe-t-il ?

— Essaie de calmer les hongres, on s'occupe de Prince !

— Il faut s'approcher le plus près possible, déclara Ted. Qu'il sache qu'on ne l'abandonnera pas, qu'on est avec lui. C'est le seul moyen de gagner sa confiance.

Laura approuva. Le cheval poursuivait sa course folle dans son box. Les jeunes gens continuèrent à lui parler d'une voix calme et apaisante.

Au bout d'un quart d'heure, il commença à donner des signes de fatigue. Ses mouvements se ralentirent. Enfin, il s'arrêta au fond de la stalle, tremblant de tous ses membres, les flancs creusés par sa respiration haletante, les yeux toujours exorbités.

— Je vais essayer d'entrer, dit Laura.

Elle tira le verrou avec précaution. L'étalon bondit. La jeune fille referma vivement la porte. De nouveau, elle attendit que l'animal se calme. À bout de forces, Prince s'immobilisa.

— Il faut appeler Scott, déclara Ted. La plaie est vilaine.

— Va téléphoner. J'attends ici.

— O.K., j'ai laissé mon portable dans la cuisine. Je fonce.

Laura se pencha à la porte du box. Même à l'arrêt, le cheval avait l'air complètement affolé. Et s'il était toujours ainsi sans calmants ? Serait-elle capable de trouver une solution ?

Ted réapparut.

— Scott est coincé chez les Garston, une de leurs vaches est en train de vêler. Il en a au moins pour deux heures.

— Eh bien, il faut rester là, on n'a pas le choix, décida Laura.

— D'accord. Lou va nous apporter à manger.

Laura expira lentement. Elle s'aperçut qu'elle tremblait : la détresse du cheval était contagieuse.

— Merci, Ted, dit-elle d'une toute petite voix. Sans toi, je...

— Hé ! Je suis toujours là pour toi, Laura, tu le sais bien.

Elle hocha la tête avec reconnaissance, puis se détourna. Ce n'était pas le moment de réfléchir à ce qu'il venait d'affirmer. Elle regarda l'étalon. Malgré son extrême fatigue, il avait repris sa ronde incessante.

— Je vais lui faire une piqûre, annonça Scott. Impossible d'examiner sa jambe autrement.

L'idée de droguer Prince à nouveau ne lui plaisait guère, mais à ce stade, c'était la seule solution. Ted et Laura se cramponnèrent au licol pendant que le véto plantait l'aiguille d'un geste expert. Comme par magie, la respiration du cheval ralentit, sa tête pencha vers le sol. Scott désinfecta rapidement la plaie et la banda.

— Je vais chercher des couvertures, dit Laura. Je dormirai dans la stalle à côté.

— C'est inutile, intervint Ted d'une voix douce.

— Et tu as l'air crevée, renchérit Lou.

— Je ne peux pas le laisser, il a eu trop peur. On ne sait jamais, s'il s'affole encore ? Ne vous inquiétez pas, j'ai déjà passé la nuit dans une écurie ! Allez dormir, vous devez être en forme pour demain.

— Alors prends mon portable, insista

Lou. Tu pourras nous appeler en cas d'urgence.

— Surtout, n'hésite pas, conseilla Scott.

C'est à peine si Laura ferma l'œil de la nuit. Prince ne reprit pas son manège, mais il l'alerta peu avant l'aube en tournant en rond dans son box. La jeune fille se leva. L'étalon faisait peine à voir : il n'avait pas touché à sa ration et paraissait vidé de toute énergie.

— Salut, champion, murmura-t-elle en lui tendant la main.

Le cheval recula. Elle insista. Aussitôt, il releva la tête et décocha une ruade.

Laura attendit, puis tenta une nouvelle approche. Cette fois, le pur-sang coucha les oreilles et fit mine de la mordre. Elle s'écarta prestement. Frustrée, elle se résolut à quitter le box, après un dernier regard au cheval qui renâclait nerveusement. Elle retourna s'allonger à côté, la tête lourde et le cœur gros.

À sept heures, Lou lui apporta une tasse de chocolat chaud.

— Tu as pu dormir un peu ?

— Bof... J'ai eu froid et Prince s'est pas mal agité.

Elle entendit claquer la porte d'un pick-up. C'était Ted.

— Salut. Alors, ton impression ?

— C'est bien la panne d'électricité qui l'a rendu fou, mais je me demande s'il n'a pas plus peur du noir. Souviens-toi, l'incendie a éclaté de nuit. Si on installait une veilleuse dans son box ?

— Pourquoi pas... Je m'en occuperai quand tu seras au collège.

— Bon. Moi, je vais lui préparer une bouillie au son, avec quelques feuilles de menthe. Il se laissera peut-être tenter.

— Tu as l'air d'un zombie, dit Soraya. Tu t'es coiffée ce matin ?

— Je voudrais t'y voir, après une nuit passée dans un box avec un cheval timbré !

Les deux amies déjeunaient ensemble à la cafétéria. Laura avait du mal à lutter contre la fatigue. Soraya fouilla dans son sac et lui tendit sa brosse à cheveux.

— Alors, il t'en fait baver, ton Prince ?

— Plutôt. Il a carrément pété les plombs. C'était affreux, je te jure. Sans Ted, je n'aurais jamais tenu le coup.

Elle fronça les sourcils : Angela Gorst venait vers elles. Pour une fois, elle n'était pas scotchée à Matt. Laura se demanda si le jeune homme n'avait pas une bonne influence sur elle, après tout. Mais son air pincé lui donna aussitôt la réponse.

— Salut, commença Angela en rejetant ses cheveux en arrière. Ça va, chez toi ?

— Très bien, merci, répliqua Laura.

— Vraiment ? J'ai cru comprendre que tu t'étais fourrée dans le pétrin.

— Qu'est-ce que tu veux dire ?

Angela eut un sourire suffisant.

— Un pur-sang n'a rien à voir avec vos petits poneys de club habituels. Vous croyez vous en sortir ? Vous n'allez même pas aux courses ! Depuis quand tu n'y as pas mis les pieds ?

Laura la foudroya du regard.

— Mes choix ne regardent que moi, Angela.

— En tout cas, vu ta tête, ça ne te réussit

pas. Tu devrais acheter des somnifères. Et les partager avec ton Prince.

Elle tourna les talons avec désinvolture.

— C'est pire que je ne pensais, marmonna Laura.

— Ça alors ! Comment sait-elle que vous avez des problèmes ? s'indigna Soraya. Prince n'est arrivé qu'hier !

— On était dans le journal samedi.

Mais Soraya avait raison : on aurait dit qu'Angela avait passé la nuit à Heartland. Les deux amies se regardèrent. L'idée les frappa au même instant.

— Matt !

Laura se sentit piquée au vif. Évidemment, il était au courant par son frère, mais de là à le répéter...

— Quel abruti !

— Il a dû penser que ce n'était pas un secret, hasarda Soraya. Tout le monde en parle. En plus, Angela l'a sûrement cuisiné.

— Tu rigoles ? Il savait qu'elle se jetterait sur l'info comme un rapace !

— Il l'aime bien, il a confiance en elle.

Laura poussa un soupir de mécontentement. Encore une mauvaise nouvelle...

6

— Te voilà, Laura ! Viens voir !

Ted et Jack étaient penchés sur une boîte noire. La jeune fille, qui rentrait tout juste du collège, s'approcha. Une pince à la main, Grand-père bricolait une vieille batterie de voiture. Il se redressa en souriant.

— Ça marche, dit-il. Ted va t'expliquer, je rentre regarder le match à la télé.

C'est un circuit de secours pour le box de Prince, si jamais on a une autre coupure de courant. La batterie alimentera sa veilleuse.

— Bonne idée, approuva Laura.

Elle jeta un œil dans le box. Le cheval se tenait le dos au mur.

— Comment s'est-il comporté aujourd'hui ? Il a goûté à sa bouillie ?

— Du bout des lèvres. Et il en a laissé la moitié. Il sursaute au moindre bruit. Enfin, il n'a pas piqué de crise, c'est déjà ça.

La jeune fille regarda la robe terne de l'étalon. On lui voyait les côtes. Son extrême anxiété l'empêchait de se nourrir.

— Ted, il faut absolument trouver ce qui l'effraie, dit-elle.

— Rien de particulier, à mon avis. Dans son état, n'importe quoi peut provoquer une réaction violente.

Laura se pencha à l'intérieur du box. Le cheval tressaillit et se mit à tourner en rond, sans quitter les jeunes gens des yeux.

— Tu as raison, notre simple présence l'inquiète. Il est tendu à bloc. L'essence de noix devrait un peu l'apaiser, mais il faudrait surtout entrer en contact avec lui. Et si on essayait les massages ? Ça a bien marché pour Aube.

— J'y ai déjà pensé. À condition de réussir à l'approcher. À la moindre tentative, il se couvre de sueur et se terre dans un coin.

— Il vient juste d'arriver. Laissons-lui le

temps de s'habituer, on essaiera plus tard. Je vais m'occuper d'Aube pendant qu'il fait encore jour.

La jeune fille crut surprendre une lueur d'irritation dans le regard de Ted.

— John l'a déjà sortie tout à l'heure, dit-il.

— Ah oui ? Eh bien, elle aura droit à une deuxième séance. Plus on la manipule, mieux c'est. On dirait que ça t'étonne !

Après les difficultés rencontrées avec Prince, retrouver la pouliche aux yeux vifs fut un vrai plaisir. Laura sentit son cœur fondre quand Aube la poussa affectueusement du nez. Elle la conduisit dans la cour et exécuta les gestes habituels. À peine descendait-elle la main le long de sa jambe que la petite jument donnait son pied. Laura termina par quelques mouvements de massage circulaires. Parfaitement immobile, la pouliche semblait se régaler.

Le jour baissait quand Laura raccompagna Aube dans son box. Elle songea de nouveau à l'étalon : si elle voulait tenter une approche avant la nuit, elle avait intérêt à se dépêcher. Elle passa prendre Ted dans la remise. Ensemble, ils se dirigèrent vers la stalle de Prince.

Le cheval ne tenait toujours pas en place. Il leva brutalement la tête à la vue des jeunes gens.

— Là, bonhomme, chuchota Laura en pénétrant dans le box.

Campé sur ses membres, l'étalon la défia du regard. Ted avait vu juste : il paraissait prêt à exploser. Murmurant toujours des paroles apaisantes, la jeune fille s'avança. Prince recula, secoua la tête. Elle se plaça à hauteur de son épaule, afin qu'il la voie sans se sentir menacé, puis approcha encore. Le cheval renâcla, roula des yeux menaçants, mais ne put s'écarter : il était coincé. Laura fit un dernier pas, leva la main vers l'encolure...

Au même instant, John entra, claquant la lourde porte de l'écurie derrière lui. L'étalon bondit. Avec un hennissement sauvage, il se dressa sur ses postérieurs.

— Attention ! cria Ted.

Il rouvrit d'un geste le loquet de la stalle, et Laura plongea dans l'ouverture, évitant de peu les terribles sabots. Ted referma la porte à toute vitesse.

Le cœur battant, la jeune fille s'appuya contre le chambranle.

— Je... pardon, bafouilla John. Pas de dégâts ?

Laura secoua la tête, les yeux rivés sur le cheval de nouveau lancé dans une course folle entre ses quatre murs. Comment le calmer ? Leurs paroles étaient sans effet sur lui. Il continuait de ruer et de se cabrer dans l'espace confiné de son box. Soudain, il s'arrêta, le regard obscurci par la panique, jambes flageolantes et naseaux frémissants.

— Eh bien dis donc, souffla John, les yeux écarquillés. Quel sauvage !

— La veilleuse n'y changera rien.

— Les massages non plus. Mais il était quand même moins fou tout à l'heure. Le bruit de la porte lui a peut-être rappelé l'incendie, hasarda la jeune fille.

Au fond d'elle-même, Laura savait qu'elle se berçait d'illusions. Le cheval avait paniqué sans raison valable.

— Il faut le laisser, intervint Ted. Tu ne vas pas coucher là toutes les nuits. Quand il pique une crise, il est inapprochable. C'est trop dangereux.

La jeune fille acquiesça de la tête. Comme elle souffrait de voir un cheval dans un tel état de détresse ! Elle ne pouvait pas croire qu'un animal aussi sensible puisse refuser tout contact. Il devait y avoir un moyen de communiquer. Elle se jura de le trouver.

Laura venait de rentrer du collège. Depuis trois jours, l'étalon ne cessait de démolir son box à la tombée de la nuit. Il paraissait plus calme dans la journée, maintenant qu'il s'était acclimaté à son nouvel environnement. Hélas, ni Ted ni John ne pouvaient le panser, encore moins le mener dehors.

— Il ne reste que la technique du lien, dit Laura.

Sa mère lui avait enseigné la méthode, qui permettait d'établir un lien entre l'homme et l'animal laissé en liberté. De ce premier contact naissait une relation solide. Jusqu'ici, elle n'avait jamais échoué.

— Tu veux le lâcher dans le manège ?

s'exclama Ted. Tu es folle, il est beaucoup trop imprévisible !

— Écoute, on ne peut pas l'approcher pour le masser et il a besoin d'exercice. Au moins, je n'aurai pas à travailler trop près de lui. Il suffira de le maintenir à distance, jusqu'à ce qu'il décide lui-même de me rejoindre. Reste à la barrière, si tu préfères. Ça vaut le coup d'essayer.

— C'est quand même un peu tôt, insista Ted. Attends que la potion fasse son effet.

Laura s'imagina dans le manège, seule avec Prince. Malgré ses blessures, il avait gardé sa puissance d'étalon. Même si l'enclos était plus grand que le box, se retrouver enfermée avec lui était risqué. Soudain, l'image de Spartan s'imposa à elle. L'année passée, le cheval était presque aussi fou que Prince aujourd'hui. Et elle avait réussi à le rééduquer – par cette méthode.

De toute façon, il fallait agir. Les accès de folie de l'étalon finissaient par stresser les hongres, surtout Rainbow et Pirate qui avaient déjà une tendance à l'anxiété. Laura fronça les sourcils. C'était maintenant ou jamais.

Elle monta se changer. Elle enfilait son jean de travail quand on frappa à la porte.

C'était Lou, l'air préoccupé.

— Laura, Grand-père t'a parlé ?

— Non, de quoi ?

— Il s'est fâché tout à l'heure, il a dit que les chevaux devenaient mabouls, qu'il n'avait jamais vu une écurie pareille...

Il ne manquait plus que ça. Ils étaient tous contre elle ou quoi ? Pourtant, ce n'était pas le genre de Grand-père de faire des réflexions. Il devait s'inquiéter. Et au fond d'elle-même, Laura partageait ses craintes.

7

Mener Prince au manège ne fut pas une partie de plaisir. Il résistait, secouait la crinière, bondissait autour de Ted. La mine sombre, le jeune homme se cramponnait aux rênes, serrées sous le menton du cheval.

— Je vais faire un nœud pour qu'il ne trébuche pas, dit Laura.

D'un geste vif, elle lia les deux lanières à mi-hauteur de l'encolure, puis Ted s'écarta prestement. La jeune fille prit place au centre du manège. Elle déroula la chambrière et l'agita doucement en direction de Prince.

L'étalon sursauta violemment, se cabra, puis fonça vers la barrière. Il pila, naseaux frémissants, les yeux fixés sur Laura. Elle s'approcha, leva de nouveau la chambrière. Il prit le trot sur la piste. La boiterie imprimait à sa tête un mouvement de balancier.

Laura serra les dents. Le message était clair : tant qu'il ne choisirait pas de lui faire confiance, il devrait continuer à trotter. Malgré son envie évidente de s'arrêter, le cheval ne donnait aucun signe de décontraction, ne pointant pas même une oreille dans la direction de la jeune fille. Comme s'il refusait obstinément tout contact. Il fuyait droit devant lui, accélérant au moindre mouvement de la chambrière, roulant des yeux inquiétants – clairement résolu à garder ses distances. Au bout d'un moment, Laura remarqua que sa boiterie s'accentuait.

— Je vais être obligée d'arrêter, dit-elle à Ted. Ça ne sert à rien.

Elle croisa le regard de l'étalon : il était visiblement épuisé, mais il n'avait toujours pas cédé.

Ted sauta à bas de la barrière. Ensemble, les jeunes gens acculèrent doucement Prince contre les planches, puis se saisirent des rênes. Laura secoua la tête.

— C'est impossible. Il ne veut pas me faire confiance.

Cette nuit-là, la jeune fille ne put trouver le sommeil. Les yeux grands ouverts, elle fixait le plafond. Elle songeait à tous les chevaux rebelles qu'elle avait su apprivoiser. Promise, Gipsy, Spartan... Seul Prince avait préféré rester seul sur la piste. C'était la première fois qu'elle rencontrait une telle résistance.

Elle revit Spartan, l'étalon qu'elle était allée secourir, le jour de l'accident mortel de sa mère. Quand l'arbre s'était écrasé sur le camion, Laura et le cheval avaient été blessés. Plusieurs semaines après, par un orage démentiel, elle l'avait poussé dans ses retranchements autour du manège. Il avait laissé libre cours à sa propre colère, jusqu'à ce qu'il donne les signes qu'elle attendait. Dès lors, il était redevenu doux et affectueux. Qui d'autre aurait pu réussir pareille prouesse, sans savoir ce qu'il avait vécu ?

Elle songea à la souffrance dans les yeux de Prince, imagina une fois de plus l'horreur de l'incendie, le désespoir farouche de l'étalon prêt à tout pour s'enfuir... Mais ce n'étaient que des hypothèses. Laura avait beau tenter de se mettre à sa place, elle ne pouvait ressentir ce qu'il éprouvait. Peut-être fallait-il quelqu'un qui le comprenne, comme elle avait compris Spartan. Pourquoi pas son palefrenier ? Celui qui avait quitté le centre ? Pourrait-il l'aider ? Peu à peu, Laura se laissa glisser dans le sommeil. Oui, elle allait tenter le coup...

Laura partait pour le collège le lendemain matin, quand elle croisa Lou dans l'escalier.

— Qu'est-ce que tu fais, samedi ?

— J'ai rendez-vous avec un représentant de litière.

— Où ça ?

— Assez loin d'ici, vers Hagerstown.

— Euh... tu pourrais pousser jusqu'à Baltimore ? Je voudrais passer à Brookland, parler au palefrenier de Prince, tu sais, le garçon qui l'a accompagné.

Lou haussa les épaules.

— Si tu veux... C'est seulement à une

demi-heure de mon rendez-vous. Tu crois que ça pourrait t'aider ?

— Qui sait ?

« Noix, hélianthème, pomme sauvage... » marmonnait Laura dans la remise le vendredi soir, passant en revue les fioles brunes sur l'étagère. Essayer de nouveaux remèdes ? Non, mieux valait attendre que le mélange précédent fasse son effet.

Mais elle avait du mal à patienter. Tout à l'heure, quand elle avait conduit Pirate au manège pour le longer, elle avait aperçu John sur son hongre, dans la carrière. Comme toujours, elle n'avait pu s'empêcher de les admirer : le cheval et son cavalier formaient un ensemble impressionnant.

Droit sur sa selle, John faisait galoper le cheval en cercle. Rainbow tirait sur les rênes, luttant pour libérer sa tête, l'encolure blanchie d'écume. Le visage pâle et tendu, John l'encourageait à s'installer dans son allure et à accepter le mors. Enfin, il ramena le cheval au trot. Levant la tête, il découvrit la jeune fille et se dirigea vers elle.

— Il résiste, remarqua Laura.

— Il est trop tendu, il n'arrive pas à se concentrer.

— Pourquoi ?

Elle regretta aussitôt sa question.

— Oh, il est difficile en ce moment, depuis que...

Il détourna les yeux.

« Depuis que Prince est là », faillit terminer Laura. Mais elle ne pouvait exprimer son malaise à haute voix.

— Essaie un peu d'huile de lavande, reprit-elle vivement. Tu en mets quelques gouttes sur tes doigts, que tu lui fais sentir. Si l'odeur lui plaît, frotte-lui le haut de la tête avec.

— D'accord, j'essaierai. Merci.

La jeune fille se sentit coupable. Pourquoi la remerciait-il ? La vraie solution aurait été de rendre Prince à son propriétaire. Mais elle ne pouvait s'y résoudre...

Laura vit le samedi arriver avec soulagement : au moins allait-elle pouvoir agir. Après un bref déjeuner, les deux sœurs prirent la route de Baltimore.

Un peu plus tard, Lou déposait Laura à

l'entrée du centre d'entraînement. Les lettres « Brookland » s'étalaient sur un imposant portail de fer forgé.

— J'en ai pour deux heures, dit Lou. Je laisse mon portable allumé : appelle-moi quand tu auras fini.

Laura remonta l'allée de gravier jusqu'aux premiers bâtiments. Le spectacle était saisissant : l'écurie était noire comme du charbon, avec un trou béant au milieu du toit, là où la charpente dévorée par les flammes s'était effondrée. Aucun signe de vie, pas un cheval dans l'encadrement des portes de box, juste une odeur tenace de bois brûlé, l'écho d'une scie et d'un marteau dans une stalle.

La jeune fille franchit un porche, puis pénétra dans une seconde cour, bordée cette fois de boxes habités. Deux palefreniers étaient au travail : l'un lavait le sol au jet, l'autre balayait l'eau vers la bouche d'égoût. Les chevaux pointèrent leurs oreilles vers la nouvelle venue.

— Bonjour, dit-elle. Je cherche Sam.

— Il est au pansage.

L'homme indiqua une stalle du menton.

Le garçon étrillait une grande jument grise en sifflotant. Il sursauta à l'entrée de Laura.

— Salut ! Tu te souviens de moi ? Laura Fleming, d'Heartland. Euh... tu pourrais peut-être m'aider. Enfin, je l'espère.

Le visage de Sam s'éclaira, mais son sourire s'évanouit vite quand la visiteuse lui résuma les dernières frasques de Prince.

— Et donc, conclut-elle, je cherche à joindre son ancien palefrenier, celui qui est parti.

— Tom ? On n'a aucune nouvelle de lui.

Il jeta un regard curieux à la jeune fille.

— Tu n'es pas au courant ?

— De quoi ?

— Il est mal en point. Il a été gravement brûlé et la direction l'a rendu responsable de l'incendie. En fait, il a perdu un œil.

— Oh !

Laura resta silencieuse un moment. Elle regarda Sam se pencher pour curer les pieds de la jument.

— Il était proche de Prince ? finit-elle par demander.

— Pour ça, oui ! Ils étaient inséparables.

— Écoute, donne-moi son adresse.

Le garçon se redressa, croisa le regard suppliant de Laura.

— Bon. Attends-moi là.

Laura redescendit vers la route. C'était bien ce qu'elle pensait : Tom était auprès de Prince cette nuit-là, ils avaient vécu le drame ensemble. Pourrait-il secourir l'étalon ? Elle appela Lou sur son portable.

— Je serai là dans vingt minutes, indiqua celle-ci.

Tandis qu'elle patientait, la jeune fille examina l'adresse du palefrenier licencié. D'après Sam, c'était à quelques kilomètres.

— Et si on faisait un saut tout de suite ? demanda-t-elle à sa sœur, à peine montée en voiture. Ça nous évitera un autre voyage.

— D'accord.

Elles trouvèrent facilement la maison. La bâtisse avait l'air abandonnée : la peinture s'écaillait aux fenêtres, les mauvaises herbes envahissaient le jardin. Laura prit une profonde inspiration et sonna à la porte. Pas de réponse. Elle sonna encore. Rien. Elle se tourna vers sa sœur, prête à rebrousser chemin, quand elle aperçut une jeune fille qui se hâtait dans leur direction, chargée de provisions. Celle-ci devait avoir dans les dix-huit ans. Elle leur jeta un regard soupçonneux en sortant ses clés.

— Bonjour, dit Laura. Je cherche Tom Bailey. Il habite ici ?

— Pourquoi ? Qui êtes-vous ?

— Je m'appelle Laura, je suis venue lui parler de Prince Galant.

— Si vous êtes journaliste, vous pouvez repartir tout de suite.

— Non, j'essaie d'aider Prince. Il traverse une mauvaise passe. Tom aussi, à ce qu'on m'a dit ?

Elle sourit gentiment à la fille, qui se détendit.

— D'où venez-vous ? s'enquit l'inconnue.

— D'un centre de rééducation nommé Heartland. On y soigne les chevaux traumatisés, ou difficiles, comme Prince.

— Je vois... Je m'appelle Beth, je suis la femme de Tom. Entrez.

Laura la suivit au salon. Beth ramassa le

seul journal qui traînait dans la pièce soigneusement rangée. Elle fit signe à Laura de s'asseoir sur le canapé, tandis qu'elle prenait place dans un rocking-chair en face d'elle.

— Que savez-vous de Tom ? demanda-t-elle.

— Pas grand-chose. C'est Sam, l'un des gars de Brookland, qui m'a donné votre adresse.

— Sam ? Comment va-t-il ?

— Vous le connaissez ?

— J'ai travaillé là-bas, moi aussi. Que vous a-t-il raconté ?

— Que Sam avait perdu un œil dans l'incendie et qu'il était très proche de Prince.

La jeune femme confirma en hochant la tête.

— J'aimerais lui parler, reprit Laura. Prince est devenu... enfin personne ne peut l'approcher. Alors je me suis dit que Tom pourrait nous aider. Il est ici ?

— Là-haut, dans sa chambre. Mais il refusera de vous voir. Il s'est renfermé sur lui-même. J'ai lâché mon boulot pour m'occuper de lui, seulement... il a beaucoup changé. On s'est mariés l'été dernier, tout allait bien. On était vraiment heureux. Et puis... et puis, il y a eu l'incendie et...

Sa voix se brisa, enfin elle reprit :

— Les chevaux étaient tout pour lui, vous comprenez ? J'ai trouvé une place de caissière au supermarché, ça nous permet de joindre les deux bouts. Mais Tom...

Elle leva des yeux pleins de larmes sur Laura.

— Je comprends, dit celle-ci d'une voix douce.

— Si seulement j'arrivais à percer sa carapace ! J'ai l'impression de l'avoir perdu. C'est comme s'il n'était plus là.

— Mais ses blessures sont guéries ?

— À peu près. Visiblement, là n'est pas le problème.

Laura hésita.

— Vous croyez que je pourrais lui parler ?

— Je vous le répète, il ne veut voir personne... Enfin, essayez toujours.

8

Beth prépara une tasse de café pour Tom, et Laura la suivit à l'étage. La jeune femme frappa un coup à la porte. Il n'y eut pas de réponse.

— Tom, c'est moi. Tu as une visite.

Toujours aucune réaction. Laura posa la main sur la poignée.

— Je peux ?

Beth hésita, et fit oui de la tête en lui tendant la tasse. La jeune fille poussa le battant.

Il faisait sombre dans la pièce aux rideaux tirés et il fallut un moment à Laura pour distinguer une silhouette tassée sur une chaise, près du lit.

— Tom ? Bonjour, je suis venue vous voir au sujet de Prince Galant.

Le jeune la fixa d'un regard absent. Malgré l'obscurité, Laura nota les marques profondes sur sa joue gauche.

— Je peux ouvrir un peu les rideaux ?

Elle s'approcha de la fenêtre, mais une voix l'arrêta.

— Non !

— Oh ! Pardon. Je... je vous ai apporté du café. Je le mets où ?

Pas de réponse. Laura posa la tasse sur la table de chevet et s'assit sur le lit.

— Je sais combien ça doit être dur pour vous d'évoquer Prince, commença-t-elle. Vous étiez très proches ?

Le jeune homme remua sur sa chaise sans prononcer un mot.

— Si vous saviez comme il est malheureux ! On l'a envoyé chez nous, à Heartland, parce qu'on y traite les cas difficiles. Mais je n'arrive pas à établir le contact avec lui. Il ne veut rien savoir. J'ai beau essayer...

Cette fois, il tourna complètement le dos à Laura. Un lourd silence s'installa. La jeune fille chercha désespérément quelque chose à dire.

— C'est bizarre de vous trouver dans le noir comme ça, reprit-elle. Pour Prince, c'est tout le contraire : il ne supporte pas l'obscurité.

Elle crut voir Bailey tressaillir, mais dans la pénombre, rien n'était moins sûr. Puis il haussa nettement les épaules.

— Y a rien à voir, lâcha-t-il enfin.

— Mais c'est faux ! Et Prince ?

L'ancien palefrenier secoua la tête.

— Je... je me demandais si vous voudriez bien nous rendre visite. Il a confiance en vous, il pourrait répondre à vos sollicitations.

— Qu'est-ce qui vous fait croire qu'il a confiance en moi ? rétorqua-t-il durement.

— Je n'en sais rien, mais... parfois, un cheval n'accepte que celui qui partage sa souffrance. Je sais que c'est vrai. Ça m'est arrivé.

— Inutile. Je ne reverrai jamais Prince. Allez-vous-en.

Laura ouvrit la bouche pour protester.

Mais à quoi bon ? Il refuserait de l'écouter davantage.

Elle retrouva Beth dans la cuisine, en train d'éplucher des légumes. La jeune femme leva vers elle un visage plein d'espoir. Quand Laura fit non de la tête, les larmes lui montèrent aux yeux.

— Je vous avais prévenue. Il ne veut rien savoir du passé, personne ne peut l'y obliger.

Elle reposa son couteau.

— Je vous raccompagne.

À la porte, Laura lui serra la main avec amitié, avant de rejoindre Lou dans la voiture. Elle resta longtemps perdue dans ses pensées, envahie d'une profonde tristesse à l'égard de Tom.

Combien ce devait être dur pour Beth aussi, de voir son mari ainsi muré dans la souffrance... Le jeune homme et le cheval refusaient de la même façon tout contact avec l'extérieur. Elle repensa aux paroles de la jeune femme : « Il ne veut rien savoir du passé. » Comme si le temps s'était figé pour eux, Tom et Prince ne pouvaient ni avancer ni reculer. Bloqués tous les deux au même point.

À peine arrivée à Heartland, Laura alla retrouver Ted dans le box de Gipsy.

— Alors ?

— J'ai vu Tom Bailey. Figure-toi qu'il est borgne depuis l'incendie. Il vit coupé du monde, dans une petite maison. Je l'ai supplié de venir ici pour Prince, mais il a refusé.

Ted fronça les sourcils.

— Tu as bien fait d'essayer quand même, Laura.

— Bof... Comment va Prince ?

— Comme d'habitude. Tendu, agité. Avec ça, il essaie de mordre dès qu'on passe à sa portée.

— Et les hongres ?

— Je trouve Pirate plutôt mieux. Apparemment, l'essence de bouleau produit son effet. Par contre, Rainbow est toujours aussi perturbé. Les autres, ça va. Juste un peu nerveux.

— Bon, je vais panser Sundance, il doit se sentir négligé, ces temps-ci.

Ted lui lança un regard étrange.

— Il n'est pas le seul, dans ce cas.

— Comment ?

— Écoute, Laura, il faut qu'on parle de ce qui s'est passé entre nous. J'ai l'impression que tu l'as oublié.

— Moi ? Pas du tout, mais...

— Mais quoi ?

Ses yeux verts la dévisageaient intensément. Elle tourna la tête, hésita.

— Je... je ne trouvais pas les mots.

— Pas besoin de mots.

Il s'avança.

— Ted, dit-elle précipitamment, je ne veux rien changer.

— Oh, je vois, répliqua le jeune homme, visiblement blessé.

— Non ! Tu te trompes ! C'est juste que je tiens à notre amitié. Et j'ai peur qu'un changement... enfin... que va-t-il se passer si... si...

— Si ça ne colle pas entre nous ?

— Oui. Écoute, reprit-elle en souriant

cette fois, laisse-moi réfléchir. On en reparlera plus tard, d'accord ?

— Comme tu voudras... Tu sais où me trouver.

Le lendemain matin, Laura rejoignit Grand-père et Lou dans la grange, où ils testaient un échantillon de la nouvelle litière. Les copeaux avaient absorbé le quart de l'eau versée.

— Pas mal, approuva Laura. Et c'est moins poussiéreux que la paille, ce qui est une bonne chose : beaucoup de chevaux sont allergiques à la poussière.

— Parfait. Je vais leur donner notre accord. Ils vont envoyer un photographe pour réaliser des vues d'Heartland, qu'ils mettront dans leur brochure. En échange, on a droit à une remise supplémentaire.

— Bravo, Lou, dit Grand-père. Tu t'es débrouillée comme un chef.

Ils sortirent dans la cour baignée de soleil. Ted était en train de balayer.

— J'ai une autre idée.

Intéressé, Ted leva la tête.

— On devrait se réunir une fois par

semaine, histoire de parler des chevaux, du travail, des besoins éventuels. Comme une espèce de réunion du personnel.

— Pourquoi ? On se dit déjà tout, non ? s'étonna Laura.

— Plus ou moins. Tout le monde est très occupé, on ne prend pas toujours le temps de le faire. Comme la fois où j'ai renvoyé trop tôt Shadow à son propriétaire, finit sa sœur.

Laura fit la grimace. Un vrai désastre, en effet. Le cheval était encore dangereux sur la route et l'initiative de Lou avait failli provoquer une catastrophe.

— C'est une bonne idée, approuva Grand-père.

Ted hocha la tête.

— Ça me paraît un peu cérémonieux, quand même, dit Laura.

— Mais non, on pourrait organiser la réunion sous forme d'un repas, le mercredi soir, par exemple.

— Bon... J'en parle à John ?

— Oui, s'il te plaît. Oh, le téléphone !

Elle courut vers la maison.

— Je me charge de prévenir John, proposa Ted. Je vais avoir besoin de lui cet après-midi. On va longer Prince.

— Tu plaisantes ? s'écria Laura.

Elle se revit luttant avec l'étalon pour le conduire au manège, quelques jours auparavant.

— Il a besoin d'exercice, expliqua Ted. Et on ne peut pas le lâcher avec les autres, c'est un étalon.

— Mais enfin... si on ne peut pas le maîtriser ?

Elle jeta un regard à son grand-père, qui écoutait avec attention.

— De toute façon, on court à la catastrophe s'il ne peut pas se défouler, reprit Ted. Tu sais bien que l'inactivité est mauvaise pour les chevaux de course. Ne t'inquiète pas, à nous deux, on devrait y arriver.

Il fallait se rendre à l'évidence. Laura interrogea Jack du regard.

— Je n'aime pas vous voir prendre des risques, dit lentement celui-ci. Prince est dangereux – mais on le savait depuis le début, n'est-ce pas ? Il est trop tard pour reculer.

— On sera prudents. Promis, jura Ted.

9

En fin d'après-midi, Laura décida d'emmener Gipsy en balade. La jument, qui avait perdu sa fâcheuse habitude de ruer, devait bientôt retrouver son écurie. Mais la jeune fille voulait s'assurer qu'elle conservait ses bonnes manières en extérieur. Elle prit la direction de Clairdale.

En passant devant le manège, elle eut la surprise d'y voir Ted, seul, en train de longer Prince. L'étalon trottait tête dressée, l'air hagard.

« Mais où est passé John ? » s'étonna Laura.

Elle s'arrêta. Grave erreur. Dès qu'il vit la jument, Prince poussa un hennissement strident. Gipsy sursauta, se mit à piaffer d'anxiété. Impossible de la calmer. Ted raccourcit la longe en vitesse pour attraper Prince par la bride. Mais sa réaction surprit le cheval belliqueux, qui se cabra. Ses sabots fouettèrent l'air. Le jeune homme voulut s'écarter, glissa et s'étala sur le sol gelé. Les terribles antérieurs s'abattirent à deux doigts de sa tête.

— Ted !

Laura poussa Gipsy jusqu'à la barrière. Elle sauta à terre, noua rapidement les rênes au poteau et se glissa dans le manège. Ted avait réussi à se relever ; à l'approche de la jeune fille, l'étalon redressa brutalement la tête. Cette fois, le jeune homme saisit la bride, juste à l'instant où Laura se plaçait de l'autre côté. Ensemble, ils se suspendirent aux montants du mors, empêchant l'insoumis de se cabrer de nouveau. Le cheval recula, se débattit. Mais les deux amis tenaient bon.

Laura se sentit faiblir. Prince était trop fort pour eux ! Soudain, elle poussa un *ouf* de soulagement. John arrivait en courant.

— Emmène Gipsy, vite !

Quand la jument fut retournée à l'écurie, ils purent enfin maîtriser l'étalon. C'est alors que Laura remarqua la manche tachée de son compagnon.

— Mais tu saignes !

— Oh, ce n'est rien. Il m'a juste heurté le bras quand il s'est cabré. Rentrons-le.

— Mais où était passé John ? Il devait t'aider ! gronda Laura, tandis qu'ils luttaient avec le cheval sur le chemin du retour.

— Il m'a accompagné jusqu'au manège et, comme Prince avait l'air plutôt tranquille, il est reparti chercher ses gants pour pouvoir le longer à son tour.

Ils relâchèrent enfin le cheval dans son box. John apparut alors au bout de l'allée. Il devina tout de suite ce qui s'était passé.

— C'est ma faute, je n'aurais jamais dû te laisser ! Si seulement j'avais pris mes gants dès le début... Ça va, ton bras ? s'affola le garçon.

— Il faut le désinfecter, dit Laura. Tu es à jour, côté vaccins, Ted ?

— Oh, oui, j'ai fait un rappel le mois dernier. Un bon pansement suffira.

Ted et Laura entrèrent dans la cuisine. Lou alla aussitôt chercher la trousse à pharmacie pendant que le garçon relevait sa manche. L'entaille était superficielle, mais un bel hématome apparaissait.

— Si Grand-père apprend ça, il va nous obliger à rendre Prince, dit Laura en déroulant la bande.

Lou hésita.

— Comment veux-tu lui cacher une chose pareille ? On ne peut pas lui reprocher de s'inquiéter. Il pense à vous, c'est tout.

Les trois jeunes gens échangèrent un regard consterné. Soudain, Laura se leva.

— Tant pis, j'appelle Tom Bailey. Je sais qu'il peut aider Prince.

Elle chercha le numéro de téléphone et décrocha le combiné.

— Beth ? C'est Laura Fleming, d'Heartland. Je voudrais parler à Tom. S'il vous plaît, nous avons vraiment besoin de lui.

Elle lui raconta brièvement l'incident, puis attendit son retour. Quelques instants plus tard, la voix de Beth résonna de nouveau à l'appareil.

— Il ne veut rien savoir. Je suis désolée, Laura.

— Mais enfin, il n'y a aucun moyen de le convaincre ?

— J'ai tout essayé... Moi aussi, j'aurais aimé qu'il accepte. C'est inutile. Il est incapable d'écouter qui que ce soit.

Laura se rassit à la table de la cuisine.

— Il n'y a plus qu'à continuer sans lui, dit Ted.

— Je me demande combien de temps ça va durer, soupira Lou. Je veux bien ne rien dire à Grand-père, mais si Prince ne fait pas de progrès d'ici quelques jours, il faudra prendre une décision.

Le lendemain, Laura raconta leur mésaventure à Soraya.

— Si tu avais vu les sabots fouetter l'air au-dessus de sa tête ! Je n'aurais jamais dû passer par là avec Gipsy. Prince aurait pu le tuer.

— Écoute, Laura, je sais combien tu tiens à Ted.

— Non, ça n'a rien à voir, c'est juste que...

— Dis-moi.

Laura rougit, l'esprit en ébullition.

— ... Tu ne diras rien à personne ?

— Promis !

— On s'est embrassés à Noël.

— Pas possible ! Et tu as gardé ça pour toi ? J'en aurais parlé à la terre entière, moi ! s'écria Soraya tout excitée.

Laura esquissa un sourire.

— Ted est mon ami depuis toujours, Soraya. J'ai peur de le perdre. Et si ça se passait mal ? J'ai déjà perdu Matt, ça suffit.

— Arrête, tu n'as pas perdu Matt.

— Tu rigoles ? On l'a vu quand, la dernière fois ? Il a disparu de la circulation depuis qu'il sort avec Angela.

— C'est souvent le cas, au début d'une histoire. Je trouve ça plutôt mignon.

— *Mignon ?*

Laura était écœurée. Trop de choses

avaient changé depuis un an. Elle avait perdu sa mère, puis Pegasus et voilà que, depuis Noël, Matt était sorti de sa vie. L'idée que Ted puisse se fâcher à son tour lui fit froid dans le dos.

10

Quand Laura rentra de l'écurie le mercredi soir, une délicieuse odeur de rôti flottait dans la maison.

— Mmm ! dit John derrière elle. Je propose une réunion tous les soirs si on mange aussi bien à chaque fois.

— Et comment je ferais mon travail, moi ? rétorqua Lou.

Elle s'assit en bout de table, une pile de chemises cartonnées à sa droite. Jack, John, Ted et Laura prirent place autour d'elle.

— J'ai ouvert un dossier au nom de chaque cheval, commença-t-elle. Je vais noter vos remarques, puis je mettrai le tout au propre à l'ordinateur. On pourrait envoyer un rapport aux propriétaires, qui serait compris dans le service. Qu'en pensez-vous ?

— Pourquoi pas ? dit Jack avec un léger sourire. Tout ça est parfaitement organisé.

Entre deux bouchées de rôti, ils passèrent leurs pensionnaires en revue.

— Commençons par Prince, dit Jack.

— Pas terrible, reconnut Laura.

Elle jeta un regard nerveux à Ted. Ils n'avaient toujours pas parlé à Grand-père de l'incident de dimanche.

— C'est un peu tôt pour se prononcer, avança Laura.

— Il ne progresse pas du tout ? insista Jack.

— Euh... pas vraiment.

— Tu penses quand même pouvoir obtenir une amélioration ?

Laura réfléchit rapidement. Ce n'était pas son genre d'admettre l'échec. Elle releva la tête.

— Oui, on va y arriver. Mais il faudra du temps.

— Il est encore très instable, intervint

Ted. Et il faut attendre un peu pour que le remède à base de noix produise son effet.

Jack regarda les visages graves autour de lui. Sa poitrine se souleva, il ouvrit la bouche pour parler...

— On ne guérit pas un animal aussi traumatisé en quinze jours, s'empressa de préciser Laura.

— Écoute, il n'y a pas que Prince, dit Grand-père calmement. Je comprends son importance pour toi, mais tu dois penser aux autres chevaux. Et à ta propre sécurité. Jamais ta mère n'aurait mis Heartland en péril au nom d'un seul pensionnaire, aussi prestigieux soit-il.

Laura croisa le regard du vieil homme. Il avait raison, comment le nier ?

— Mieux vaut prévenir Luke Norton si nous perdons notre temps, conclut Jack.

Nul ne souffla mot. Puis Lou se leva.

— Encore un peu de viande ?

— Ah, oui alors ! répondit John en tendant son assiette. C'est vraiment délicieux.

Lou découpa le reste du rôti, chacun profitant de cette interruption pour se détendre.

— Au moins, Gipsy est en pleine forme, elle, remarqua John.

— Oui, c'est vrai, confirma Laura. Elle n'a pas botté une seule fois depuis des semaines.

— Elle peut partir, alors ? demanda Lou.

— À mon avis, oui.

— Parfait. Et Aube ? Elle a l'air calme, maintenant.

— Mmm... elle est quand même d'humeur changeante, fit observer Laura. Gardons-la encore une semaine ou deux. Je veux être sûre qu'elle s'adaptera bien à son nouveau propriétaire.

À sa grande surprise, Ted secoua la tête.

— Elle sera toujours comme ça, c'est dans sa nature. Pour moi, elle est prête.

— Mais enfin, Ted ! Rappelle-toi les ennuis qu'on a eus avec elle !

— Justement, ça n'a plus rien à voir.

— Ça dépend des fois, insista Laura.

Le silence retomba.

— En tout cas, elle se comporte bien avec moi, dit John au bout d'un instant. Je n'ai pas eu de problème depuis longtemps.

Lou interrogea sa sœur du regard. Laura baissa le nez dans son assiette.

— Tu veux la garder parce que tu t'es attachée à elle, intervint Ted posément.

— Ce n'est pas vrai !

— Si. Tu as peur du changement, tu l'as dit toi-même. Mais que tu le veuilles ou non, il faut évoluer dans la vie.

Laura comprit tout de suite l'allusion à leur relation bloquée. Elle sentit ses joues s'enflammer et le fusilla du regard. La tension grimpa d'un cran. Lou se tourna vers John.

— Qu'en penses-tu ?

— Euh... je crois que Ted a raison. Aube et Melody peuvent partir.

— Bon, trancha Lou. Je vais commencer mes recherches dès demain.

Laura demeura silencieuse un moment, tête basse. Elle n'en revenait pas. Comment Ted avait-il pu l'humilier ainsi devant tout le monde ? Et oser lui reprocher – à mots couverts — les craintes qu'elle éprouvait au sujet de leur relation !

Il était plus de neuf heures quand ils quittèrent enfin la table. Laura aida sa sœur à débarrasser, puis elle s'éclipsa et gagna le box d'Aube et Melody. La jument, qui somnolait debout, remua à peine quand la jeune fille se glissa dans l'écurie. Aube, couchée dans la paille, se releva d'un bond au bruit du loquet.

— Tout doux, chuchota Laura en lui donnant sa main à sentir.

La pouliche souffla avec plaisir sur les doigts familiers, ses yeux brillant dans la pénombre. Laura s'agenouilla et passa les bras autour de la frêle encolure. Une boule se forma dans sa gorge.

— Je ne veux pas que tu t'en ailles, mon bébé...

Elle caressa la crinière crêpue. Les paroles de Ted résonnèrent à ses oreilles : *Il faut évoluer dans la vie, qu'on le veuille ou non*. Facile à dire ! Il n'avait pas vu son univers bouleversé du jour au lendemain, lui. Comment pouvait-il imaginer la douleur de perdre un être cher ?

Elle songea à Tom Bailey, affrontant seul

dans le noir tant de pertes subies : sa vie au centre d'entraînement, son travail et, bien sûr, Prince. Elle revit ses cicatrices, son œil brûlé. Une bouffée de honte l'envahit. Au moins était-elle en bonne santé, malgré tout ce qu'elle avait perdu. Forcée de continuer, elle avait appris qu'un nouveau départ était toujours possible. Elle pouvait le montrer à Tom, sûrement. Il avait besoin de reprendre confiance, de retrouver une raison d'espérer. Et pour cela, il devait regarder son passé en face. Il devait revoir Prince.

Tout en caressant la robe soyeuse d'Aube, Laura fut saisie d'une évidence : elle ne pouvait pas laisser tomber Tom. Pas question de renoncer, il fallait tenir, comme pour Spartan. Sans relâche, elle avait insisté, jusqu'à ce que le cheval comprenne : mieux valait faire confiance aux autres que rester seul dans son coin, avec sa peur et sa souffrance. Elle se releva, embrassa le nez de la pouliche et gagna l'annexe.

Doucement, elle s'approcha du box de Prince. L'étalon, qui tournait en rond à son habitude, sursauta, naseaux frémissants.

Laura se pencha à la porte et planta son regard dans les yeux hagards.

— Je ne te laisserai pas tomber. Je vais t'amener Tom, je te le promets, lui chuchota-t-elle.

11

La jeune fille se leva tôt le lendemain, le cœur plus léger. Dans la cour, elle accueillit Ted d'un sourire timide.

— J'ai déjà nourri les hongres. J'en suis aux boxes de devant.

— Je m'occupe des litières, dans ce cas, répondit-il, légèrement sur ses gardes.

Il hésita.

— Au fait, excuse-moi pour hier.

— Oh, ce n'est rien. Dis, Ted... à propos de, tu sais... on peut se parler ?

Le jeune homme parut surpris.

— John, oui...

— Enfin, après les soins aux chevaux, bien sûr !

— Quand tu rentreras du collège, alors.

Elle fonçait déjà vers le bus, aussi en retard que d'habitude, quand Lou lui cria depuis l'entrée :

— Il y a un colis pour toi ! Attrape !

Laura réceptionna le paquet en pleine course. Elle grimpa dans le bus puis s'écroula à côté de Soraya, hors d'haleine.

— Qu'est-ce que c'est ? Ouvre ! la pressa son amie.

— Une minute, je n'en peux plus !

— On dirait un livre.

— Non, c'est trop léger. Une cassette vidéo peut-être... Gagné !

Un papier glissa de l'emballage déchiré. Laura le lut à haute voix :

Chère Laura, j'ai trouvé cette cassette l'autre jour, en rangeant le bureau. Elle t'intéressera peut-être. Sam.

— C'est qui, Sam ? demanda Soraya.

— Le palefrenier de Brookland. Celui qui m'a donné l'adresse de Tom Bailey.

— Ah ? Et qu'est-ce qu'il y a sur cette cassette ? Regarde l'étiquette.

— Aucune idée, il n'y a rien d'indiqué. Je vais devoir attendre ce soir pour la visionner.

— Tu seras morte d'impatience avant ! pouffa Soraya.

Comme son amie l'avait prévu, Laura passa la journée sur des charbons ardents. Même la vue de Matt et Angela assis l'un à côté de l'autre en classe la laissa indifférente. Elle n'avait qu'un désir : connaître le contenu de la cassette.

À peine arrivée à la maison, elle fonça sur le magnétoscope, glissa la vidéo dans l'appareil. Elle appuya sur « Lecture », sans prendre le temps d'enlever son blouson.

C'étaient des extraits de courses de la saison dernière, enregistrés aux actualités régionales. Pourquoi Sam lui avait-il envoyé ces images ? À la fin de la deuxième course, l'écran devint blanc. Puis un visage familier apparut. C'était Tom Bailey. Laura se pencha, intriguée.

La différence avec l'homme qu'elle avait rencontré lui coupa le souffle. À l'écran, son visage était lisse et jeune, animé de deux yeux noirs au regard vif. Tom s'exprimait avec assurance, un large sourire aux lèvres.

« Il sait ce qui l'attend. Et il est au mieux de sa forme, confiait-il.

— Quel que soit le terrain ? demanda le journaliste.

— Oui, oui, je vous assure !

— Vous allez tout miser sur lui, alors ? »

Le sourire du jeune homme s'effaça.

« Je ne parie jamais sur Prince. On ne joue pas avec ses amis. Tout ce que je souhaite, c'est qu'il me revienne en bon état. »

La caméra zooma. Au fond des yeux de l'ancien palefrenier se lisaient une passion et un engagement sans réserve.

Le film montrait ensuite la course elle-même. Laura s'imagina à la place de Tom, suivant Prince sur la piste, muscles bandés à se rompre. Comme lui, elle souhaita la victoire de l'étalon – comme lui, elle jubila quand il passa la ligne d'arrivée avec une longueur et demie d'avance.

Elle ressentit sa fierté quand il contemplait le vainqueur, à peine essoufflé par l'effort, au milieu de ses admirateurs. Il y avait là Luke Norton, à côté d'un inconnu. « Sûrement le propriétaire », songea laura.

Soudain, Prince tourna la tête et Laura

aperçut Tom, le visage illuminé. L'espace d'un instant, l'étalon fougueux lui poussa l'épaule du nez.

Laura rembobina la cassette. C'était bien ça : la caméra avait saisi un moment de complicité unique entre l'homme et le cheval. Elle éteignit la télé : elle avait enfin trouvé la clé. Elle repensa aux paroles de Beth : *Il ne veut rien savoir du passé*. Laura lui ferait revivre cet instant, pourvu qu'il accepte de regarder le film...

— Laura ?

La voix de Ted la ramena à la réalité.

— Je suis là !

Le jeune homme entra au salon, étonné.

— Qu'est-ce que tu fais ?

— Je regarde une cassette que m'a envoyée Sam, le type de Brookland, tu sais ? On voit Prince.

— Et alors ?

— J'ai peut-être une idée. Tu me cherchais ?

Ted eut un regard gêné.

— Lou a trouvé des acheteurs pour Aube et Melody. Ils vont arriver.

— Déjà !

Laura dévisagea son ami, à nouveau submergée par ses doutes de la veille.

— Ça paraît un peu brusque, en effet. Mais elle est tombée tout de suite sur un couple intéressé et comme elle avait rendez-vous à la banque, elle m'a demandé de les recevoir. Tu m'accompagnes ?

— Quelle question ! Je vais me changer.

Dans sa chambre, Laura tenta de se raisonner.

« Aube et Melody doivent partir. Ça va être difficile, alors accroche-toi, ma vieille. »

Quand elle redescendit, elle trouva Ted dans la cour. Il était en grande conversation avec un couple âgé d'une petite quarantaine d'années, à l'air sympathique. La jeune fille s'avança.

— Bonjour, je suis Laura Fleming.

— Enchanté, dit l'homme. Je m'appelle John Sleiman et voici Carole, ma femme.

— Je vais chercher Aube et Melody.

Sleiman observa les juments, puis s'approcha d'elles doucement et leur fit sentir le bout de ses doigts. Sa femme l'imita.

Pas de doute, ils avaient l'habitude des chevaux.

— Jolie pouliche. Melody est bien proportionnée aussi, apprécia l'homme en connaisseur.

— Aube a eu quelques problèmes, au début, expliqua Laura. On la manipule encore avec beaucoup de délicatesse. C'est une question de confiance.

— Oh, vous n'avez rien à craindre de ce côté-là, s'écria la femme en riant. On n'a pas l'intention de la dresser. Pas pour la monte, en tout cas. John et moi avons renoncé à l'équitation depuis quelques années. On avait une paire de poneys de randonnée, mais on les a vendus. Nous voulons juste créer une petite ferme familiale, avec des moutons, des chèvres....

Ted et Laura se regardèrent, interloqués.

— Je comprends votre étonnement, intervint Sleiman. En fait, ça nous manque de ne plus avoir de chevaux à la maison. Alors on a pensé en recueillir un ou deux.

Laura baissa les yeux sur la pouliche qui reniflait le fond de sa poche. Aube avait la vie devant elle. Partir chez les Sleiman revenait à prendre sa retraite avant d'avoir vécu. Elle oublierait tout ce qu'elle avait appris. Non, c'était trop dommage. Fuyant le regard de Ted, la jeune fille prit la parole :

— Vous savez, Aube a besoin de travailler. Elle a une personnalité de feu. Si elle reste livrée à elle-même, elle va vite devenir incontrôlable.

— Mais elle a l'air si mignonne ! protesta la femme.

— Parce qu'elle pratique des exercices tous les jours. Nous suivons un programme très strict. Elle ne peut pas s'en passer.

— Dans ce cas... nous ne sommes sans doute pas les propriétaires qu'il lui faut.

Laura sourit, désolée. Elle voyait bien la déception du couple, mais elle avait pris la bonne décision. Elle jeta un regard à Ted. Son visage était impénétrable.

— Nous penserons à vous si nous avons des pensionnaires plus adaptés, conclut la jeune fille.

— Merci, répondit Sleiman. On peut quand même faire le tour des écuries ?

12

Après leur départ, Laura se sentit mal à l'aise. Ted avait à peine ouvert la bouche. Croyait-il qu'elle cherchait à empêcher le départ des juments ? Elle se pencha à la porte du box où le jeune homme pansait Melody.

— J'ai eu tort ?

— Bien sûr que non. Ils ne s'en seraient pas sortis avec Aube.

Il hésita, passa les doigts sur la brosse.

— Je pense toujours qu'elle est prête à partir, mais je ne voulais pas te... enfin, je suis vraiment désolé pour hier soir. Cette histoire d'accepter ou non le changement... c'est sorti tout seul. Je ne le pensais pas.

— Je comprends, ne t'inquiète pas. En

fait... j'ai besoin de temps, c'est tout. Ça n'a rien à voir avec, euh...

Ted sortit du box et lui prit les mains. Il plongea son regard dans le sien.

— Je te l'ai déjà dit, Laura. Rien ne presse.

La voiture de Lou s'engagea dans l'allée. La jeune fille retira vivement ses mains et rejoignit sa sœur, la gorge serrée.

— Il faut quelqu'un qui soit capable de la faire travailler, expliqua Laura en aidant Lou à sortir les paquets de la voiture.

— Je n'ai pas dû leur poser les bonnes questions. C'est trop bête. Au fait, c'était quoi, ton colis ?

— Une vidéo de Prince et Tom Bailey, avant l'incendie.

— Tu vas t'en servir ?

— Peut-être. Si j'arrive à convaincre Tom de la visionner, ça pourrait lui rappeler ses liens avec Prince et le sortir de son enfermement.

— Et donc tu voudrais que je t'accompagne ? Écoute, Laura, j'ai beaucoup de travail samedi. Je ne pourrai pas monter là-haut ce week-end.

— Pas de problème, je me débrouillerai.

Laura décida de téléphoner à Soraya.

— Je vais demander à Maman, dit celle-ci sans hésiter, quand son amie lui eut résumé les dernières nouvelles. Je viendrai aussi. On ira faire des courses à Baltimore pendant que tu seras chez Tom. Comme ça, tu pourras tout me raconter dans la voiture.

— Génial ! J'appelle Beth.

La jeune femme répondit d'une voix morne.

— Beth ? C'est Laura, d'Heartland. Ça va ?

— Ah, Laura. Encore vous. C'est inutile, il ne viendra pas.

— Je comprends, Beth, mais... vous savez, les choses finissent toujours par s'arranger.

— Je n'en suis pas si sûre.

— Écoutez, j'ai quelque chose qui pourrait nous aider. Vous m'avez dit qu'il ne voulait rien savoir du passé ? Eh bien, Sam m'a envoyé l'enregistrement vidéo d'une course gagnée par Prince l'année dernière. On les voit tous les deux, avec Tom, comme avant. Je pourrais venir la lui montrer ?

Beth resta silencieuse un moment.

— Ça m'étonnerait qu'il accepte... enfin, si vous insistez...

— Vous travaillez samedi ?

— Le matin, seulement. Venez après déjeuner, à partir de 14 heures.

Laura raccrocha et sortit dans la cour.

Tout était calme. Les garçons étaient déjà rentrés chez eux. Elle huma l'air frais, leva la tête vers la portion de ciel où brillaient quelques étoiles, entre deux nuages. Le dîner de la veille lui parut loin. « Il faut évoluer dans la vie », avait dit Ted. C'était vrai. Elle souhaita en convaincre Tom à son tour. L'aider à accepter son passé, pour lui ouvrir l'avenir.

Soraya et sa mère arrivèrent sous une pluie fine, le samedi matin. Sur la route de Baltimore, elles bombardèrent Laura de questions.

— C'est très courageux de ta part, dit

Mme Martin. Cet homme doit être profondément marqué.

— Je le fais pour Prince.

— Bonne chance, alors. Nous repasserons te chercher dans deux heures.

Laura serra son blouson autour d'elle et sortit de la voiture en courant. Beth ouvrit presque aussitôt la porte.

— Je vous attendais. Entrez vite, vous êtes trempée. Alors, vous avez apporté la cassette ?

Laura s'installa au salon pendant que Beth faisait chauffer de l'eau.

— De quelle course s'agit-il ? demanda la jeune femme depuis la cuisine.

— Pimlico. Il avait gagné d'une longueur et demie.

Beth entra, deux tasses fumantes à la main.

— Ah oui, le Grand Prix des éleveurs. Tom était tellement content ce jour-là !

— Vous y étiez ?

— Bien sûr. Pas dans l'enceinte des officiels, mais juste à côté.

Elle eut un sourire mélancolique.

— Alors, on la regarde, cette cassette ? suggéra-t-elle.

— Tout de suite, mais j'aimerais que Tom la voie aussi. C'est pour ça que je suis venue, Beth.

La jeune femme secoua la tête avec embarras.

— Je vous l'avais dit. Il refuse. Peut-être qu'en montant le son pour qu'il entende...

Son air accablé ne disait rien qui vaille à Laura. Si la propre femme de Tom avait échoué, que pourrait-elle obtenir de plus ? Elle réfléchit. Tant pis, elle insisterait quand même, elle n'avait pas fait tout ce chemin pour rien. Bon sang, le film pouvait produire un déclic, c'était trop rageant à la fin.

— Laissez-moi lui parler, dit-elle d'un ton ferme.

— Attendez, je vais essayer encore une fois.

Laura l'entendit monter, frapper à la porte et parler à Tom à voix basse. Elle tendit l'oreille. Il n'y eut pas de réponse. Beth réapparut, le visage défait.

— Inutile. C'est de pire en pire.

— J'y vais.

À son tour, Laura gagna le premier et frappa à la porte. Sans succès.

— Tom, je vous ai apporté quelque chose. Une vidéo du Prix des éleveurs, quand Prince a gagné l'année dernière. C'est Sam qui me l'a donnée.

Aucune réaction. Laura fixa la poignée. Elle était dans l'impasse. Elle ne pouvait pas le forcer à regarder. De même qu'au manège elle ne pouvait pas forcer un cheval à la rejoindre. Ce qu'on obtient par la contrainte ne sert à rien. Elle n'avait plus qu'à redescendre, la mort dans l'âme.

Sur le divan, Beth tournait et retournait la cassette entre ses mains.

— J'aimerais la regarder quand même, dit-elle. Ça me ferait du bien de revoir notre vie d'avant.

— Les chevaux vous manquent, hein ? Vous devriez retourner travailler là-bas quand Tom ira mieux.

— Non, je ne pourrais pas, ça me semblerait trop bizarre. Non, vraiment, et puis je n'ai vécu que deux ans à Brookland. Tandis que lui...

— Il y était depuis longtemps ? s'enquit Laura.

— Depuis l'âge de quatorze ans.

Laura hocha la tête.

— Ça me fait du bien d'en parler, reprit la jeune femme. Allez-y, je suis prête.

13

Les yeux fixes, Beth scrutait l'écran. Quand la mine réjouie de son mari apparut, elle eut un pâle sourire.

— Les autres n'arrêtaient pas de se moquer de lui. Il aimait Prince comme... son petit frère.

La caméra fit un gros plan sur le visage du palefrenier. Laura entendit un bruit. Elle leva la tête. Tom se tenait sur le seuil.

Sans un mot, il marcha jusqu'au divan, son œil unique rivé à l'image. Laura s'écarta, bouleversée par la tristesse imprimée sur ses traits. Il prit place à côté d'elle, tandis que Beth se serrait à l'autre bout.

Ils regardèrent le film en silence. À la fin de l'interview, Laura tourna la tête : Beth avait passé le bras autour des épaules de son mari, qui paraissait pétrifié.

— C'est ma faute, dit-il entre ses dents. Si j'avais pas été aussi bête, il courrait encore.

— Comment ça ? Mais vous n'y êtes pour rien ! s'écria Laura.

— J'ai gâché sa vie.

— Tom, attendez ! De quoi parlez-vous ?

L'homme hésita, croisa le regard de Laura.

— Racontez-moi ! le pressa-t-elle.

Après une nouvelle hésitation, il commença son récit.

— Il faisait un froid de loup cette nuit-là et j'avais allumé trois petits poêles à mazout, hors de portée des chevaux. Je pensais bien faire... Mais le fuel a dû couler. L'air était si sec que le feu s'est répandu en un clin d'œil.

— Et Prince s'est échappé ?

— Il a essayé de me trouver.

Sa voix se brisa.

— Je ne l'oublierai jamais. Il était fou de douleur. Par ma faute ! Je ne pourrai plus jamais le regarder en face.

— Mais c'est vous qui avez sauvé les autres chevaux, n'est-ce pas ? Vous n'avez pas hésité à entrer dans l'écurie en flammes pour les libérer !

— Oui, intervint Beth. C'est là qu'il a perdu son œil.

— Il ne faut pas vous en vouloir, Tom. Vous avez fait tout ce que vous pouviez, fit Laura.

— Non, l'incendie a éclaté par ma faute. J'ai passé trois semaines à l'hôpital. Quand je suis sorti, je savais que j'avais perdu mon boulot. Comment auraient-ils pu me garder ? Et maintenant, c'est trop tard. Prince est foutu, tout est fini.

— Non ! Il a besoin de vous, je le sais ! Nous ne pouvons rien pour lui, à moins que vous ne veniez le voir. Mais il n'est pas perdu, Tom. Il a changé, c'est tout. Il pourrait mener une bonne vie au haras, si vous l'aidez à surmonter sa peur.

L'homme secoua la tête avec véhémence :

— Il ne me pardonnera jamais.

Laura sentit la colère l'envahir. Après tout, Tom n'était pas mort – Prince non plus. Pourquoi refusait-il de lui tendre la main ? Elle pensa à sa mère, au besoin désespéré qu'elle avait d'elle, alors qu'elle ne la reverrait jamais. Tom, au moins, pouvait bénéficier d'une deuxième chance.

— Prince ne vous en veut pas, il souffre, il est coincé, il n'a plus confiance en lui ni en personne. Comme vous.

Tom ne disait rien, mais Laura voyait bien qu'il l'écoutait. Elle reprit avec un regain d'énergie :

— Vous devez franchir l'obstacle ensemble. Prince a besoin de vous, parce que vous êtes le seul à savoir ce qu'il éprouve. Vous allez rester enfermé combien de temps, à ruminer votre malheur ? Vous ne croyez pas que vous vous êtes assez puni comme ça ? C'est cruel pour vous, pour Beth et pour le cheval.

Elle chercha un instant sa respiration. Le visage de Tom exprimait maintenant la honte.

— Puisque vous vous estimez responsable de l'incendie, vous devez aider Prince à s'en sortir. Ça sera votre façon de réparer le mal ! conclut Laura.

Tom fixa le plancher. Laura était-elle allée trop loin dans sa rage de le convaincre ?

— Et... physiquement, comment est-il ? finit-il par demander.

« Évidemment, il ne l'a pas revu depuis la nuit du drame », pensa Laura.

— Il est faible et fragile parce qu'il se nourrit à peine, tellement il est stressé. Il a des plaies un peu partout qui sont en voie de guérison. Mais tout ça peut s'arranger.

— Et s'il...

— Oui ? l'encouragea Laura.

— S'il ne me reconnaissait pas ?

Il se prit la tête entre les mains. Laura comprit soudain l'effort qu'il faisait pour affronter son angoisse.

— Mais il vous reconnaîtra, Tom ! Et puis... vous n'avez pas changé à ce point !

Le silence retomba. Beth caressa les mains de son mari et murmura d'une voix douce :

— Elle a raison...

Il releva la tête.

— D'accord. Je viendrai.

Laura entendit une voiture s'arrêter devant la maison. Ça devait être Soraya et sa mère. D'un seul coup, elle se sentit épuisée.

— Je prendrai le car pour Heartland, dit Tom. Quand dois-je venir ?

— Quand vous voudrez, mais le plus tôt sera le mieux.

— Bien.

— Je vous laisse la cassette et mon adresse.

Elle nota rapidement les indications, puis Beth la raccompagna jusqu'à la porte. Comme elles prenaient congé, la jeune femme la serra soudain dans ses bras.

— Merci, merci mille fois, vous avez cru en Tom et vous avez réussi.

Oui, elle avait eu foi en lui, jusqu'au bout, parce qu'elle croyait profondément qu'on pouvait toujours toucher le cœur d'un être, homme ou cheval.

— J'ai moi-même dû passer un cap difficile, expliqua-t-elle. Il m'a fallu du temps. Vous verrez, ce sera pareil pour Tom. Mais le plus dur est fait, il est d'accord pour essayer. Tout dépend de Prince, maintenant.

De retour à Heartland, Laura chercha Ted sans attendre. Elle le trouva devant la sellerie, en train de curer les pieds de Moochie. Il la regarda approcher par-dessus son épaule.

— Alors ?

— Il va venir.

— Mince ! Tu es incroyable, Laura !

Voyant ses traits tirés, il ajouta :

— Tu as dû batailler ferme.

— Il est tellement marqué... Comme Prince, tu vois ?

Elle se sentit soudain au bord des larmes. Ted posa la main sur son bras. Elle inspira profondément et lui sourit bravement.

— Enfin... Quoi de neuf, ici ?

— On a eu la visite d'un autre couple pour Aube et Melody. À oublier.

— Et Prince ? s'enquit la jeune fille.

— Toujours pareil. Il faudrait vraiment qu'il puisse se défouler, mais comme on ne peut pas le longer... Vivement que Tom arrive.

— Je sais, mais je n'ai pas voulu le presser.

— Espérons qu'il ne tarde pas trop, conclut Ted.

Laura entra dans la cuisine, où Grand-père finissait son café. Elle lui annonça la visite prochaine du palefrenier. Jack hocha la tête.

— Bravo. Mais tu crois vraiment que ça servira à quelque chose ?

La question lui fit froid dans le dos. Rien n'était gagné. Après tout, la venue de Tom pouvait laisser Prince indifférent.

— Je ne sais pas, Grand-père. Je suis sûre qu'ils ont besoin l'un de l'autre, en tout cas.

— Tu es une battante, Laura, comme ta mère. Quoique je me demande si elle serait allée aussi loin. Eh bien, attendons ce fameux Tom. S'il vient.

— Oh, il viendra !

Mais le doute venait de s'insinuer dans son esprit. Que se passerait-il si Tom changeait d'avis ?

14

Ted et Laura observaient Prince mâchonner sans appétit quelques brins de foin.

— Il ne mange pas assez, dit Ted. Il va s'affaiblir.

— Et si je réessayais la technique du lien ?

— Tu crois ? Mieux vaut attendre Tom.

— On ne sait pas quand il viendra, fit-elle remarquer.

Laura repensa aux doutes de son grand-père. Son inquiétude était contagieuse.

— D'ici là, il faut mettre toutes les chances de notre côté, Ted.

— Bon, je vais t'aider alors.

Laura se rendit à la sellerie, se demandant s'ils perdaient leur temps. Pourvu que Tom ne soit pas de nouveau rentré dans sa coquille !

Dès que les jeunes gens ouvrirent la porte du box, Prince recula.

L'étalon regimba plusieurs fois avant qu'ils réussissent à attacher une longe à son licol. Puis Laura se suspendit à sa tête pendant que Ted fixait la bride et ils se dirigèrent vers les paddocks, encadrant l'insoumis trempé de sueur.

Quand il vit les prés devant lui, le cheval frémit et frappa le sol du sabot. Soudain, il se figea. Laura leva les yeux, interloquée. Les oreilles pointées, Prince humait l'air en tremblant, muscles bandés à se rompre. La jeune fille suivit son regard.

Au bout du chemin se tenait Tom Bailey, blanc comme un cachet d'aspirine, les yeux cachés par des lunettes noires. Parfaitement immobile, il fixait Prince, lui aussi. Le cheval tendit le cou, naseaux frémissants.

L'homme se mit en marche, levant progressivement le bras, paume offerte.

Avec un cri perçant, l'étalon arracha les rênes à Ted et Laura, et rejoignit son soigneur au trot, l'encolure haute et les oreilles dressées.

Un immense sourire éclaira le visage du visiteur.

— Prince !

L'étalon répondit par de brefs hennissements joyeux et taquina son vieil ami du nez. Tom enfouit son visage dans la crinière, comme pour se convaincre qu'il ne rêvait pas.

Laura l'entendit répéter sans relâche le nom aimé. Elle regarda Ted, muette d'étonnement. Était-ce aussi simple que ça ?

En un éclair, la jeune fille revint à la réalité. Prince ne s'était pas transformé comme par enchantement. Ses rênes pendaient librement et John et Gipsy arrivaient du manège.

— Tom !

Elle se précipita. Trop tard : l'étalon aussi avait vu la jument. Relevant d'un coup la tête, il heurta violemment son soigneur au menton. Le malheureux partit à la renverse, ses lunettes volèrent. Prince se dressa sur ses postérieurs. Laura plongea, manqua de peu la bride. Le cheval furieux s'élança sur la jument.

— Non !

La jeune fille s'était jetée sur son chemin. Cette fois, elle réussit à saisir les rênes. En un instant, Ted fut à son côté. Ensemble, ils réussirent à freiner l'étalon, pendant que John disparaissait au trot dans la cour.

— Holà, Prince, tout doux !

C'était Tom. Debout face à son ex-protégé, il le fixait calmement. Le cheval souffla nerveusement par les naseaux, puis sembla s'apaiser au son de la voix familière. Il cessa de lutter et s'immobilisa, couvert d'écume, tandis que Tom tendait la main et lui caressait le chanfrein.

— Rien de cassé ? demanda Laura.

Malgré son extrême pâleur, l'homme fit signe que non.

— Ramenons-le au box, ça vaut mieux, murmura-t-il.

Cette fois, Prince les suivit docilement. Ted et Laura restèrent sur le seuil, pendant que Tom retirait la bride. Le cheval tressaillit, secoua la crinière avec impatience, mais ne piqua pas sa crise habituelle.

L'homme fit passer les rênes par-dessus l'encolure et s'avança vers les jeunes gens. Il gratifia Ted d'un bref salut de la tête. Laura songea soudain qu'ils n'avaient pas été présentés.

— Tom, voilà Ted. Il s'est occupé de Prince avec moi.

Le sourire chaleureux du jeune homme sembla détendre un peu l'ancien palefrenier.

— Je peux rester un moment avec lui ? demanda-t-il.

Les deux amis se regardèrent.

— Ça me paraît risqué, dit Ted. Qu'en penses-tu ?

La jeune fille observa l'étalon. Il s'était approché et flairait doucement le dos du soigneur. La peur et le stress avaient en partie disparu de son regard, mais il surveillait toujours Ted et Laura du coin de l'œil. Elle hésita.

— S'il vous plaît...

— D'accord,Tom. Mais n'hésitez pas à appeler s'il s'agite. Nous serons dans les parages.

— Tu l’as laissé seul avec lui dans le box ? s’écria Lou.

Laura venait de mettre sa sœur et Jack au courant des derniers événements.

— J’ai senti que c’était possible. Et puis Ted est juste à côté, dans l’écurie, s’enflamma la jeune fille.

— Mais vous avez encore frôlé l’accident, s’inquiéta Grand-père. Crois-tu que ça soit une bonne idée ?

— Ça m’étonnerait que Prince s’énerve avec Tom. Par contre, il faudra encore du temps pour qu’il accepte quelqu’un d’autre dans son box. Ce n’est qu’un début. Laissons-les profiter un peu l’un de l’autre.

— Espérons qu’il n’y aura pas de problème, soupira Lou. Au fait, j’ai reçu un nouvel appel pour Aube et Melody. Une femme. Elle doit passer d’ici une heure.

— Très bien. Préviens-moi quand elle arrivera, je retourne à l’écurie.

Quand elle ressortit dans la cour, elle aperçut Ted à l’entrée de l’annexe, qui lui faisait signe de venir. Elle se précipita.

— Qu’est-ce qui se passe ? Tom ?

— Non, non, rien de grave. Mais il a besoin de toi.

Laura gagna le fond de l'écurie. Une brosse à la main, Tom, visiblement frustré, tenait fermement le licol de Prince. L'étalon avait retrouvé sa raideur habituelle.

— Allons, détends-toi, marmonna le palefrenier.

Voyant Laura, il ajouta :

— Il n'arrête pas de bouger. Je ne l'ai jamais vu comme ça. D'habitude, il reste parfaitement immobile. Je ne le reconnais plus.

Le doute et la confusion se lisaient sur son visage. Prince recula encore, croupe au mur. Laura pénétra dans la stalle. L'étalon roula immédiatement des yeux furibonds, l'avertissant d'un cri de ne pas approcher. La jeune fille se plaça légèrement derrière Tom.

— Caressez-le, dit-elle.

L'homme tendit la main. Le cheval hésita, puis abaissa lentement l'encolure et se laissa toucher la crinière. Laura poussa un *ouf* de soulagement.

— Sans vous, je ne pourrais pas être là.

Ça n'a l'air de rien, mais votre présence change tout.

— J'ai cru que ça serait facile, après ce que vous m'aviez dit. Comme avant... avoua Tom.

— Plus rien ne sera jamais comme avant. C'est dur, mais il faut l'accepter. En revanche, la situation peut évoluer. On va y travailler ensemble, Tom. Déjà, vous pouvez vous approcher tout près de lui. De notre côté, on va vous montrer d'autres moyens de le solliciter. Et au bout du compte, même des étrangers pourront le manipuler.

L'ancien palefrenier la fixa d'un air dubitatif. Laura soutint son regard.

— Il faut y croire. Les choses ne s'améliorent pas toutes seules. C'est une question de volonté, Tom. À vous de décider.

Elle entendit Lou l'appeler. La nouvelle candidate à l'adoption d'Aube et Melody devait être arrivée.

15

Une femme d'une cinquantaine d'années discutait avec Ted et Lou, devant un pick-up garé dans la cour. Elle sourit à Laura et lui tendit la main.

— Jess Morgan. Bonjour.

— Voyez avec Ted et Laura, dit Lou. Je vous attends dans la maison.

— Je me souviens très bien de vous, fit la femme. Mais je ne suis pas sûre que l'inverse soit vrai. Je suis venue à votre journée « Portes ouvertes », en octobre. J'ai été très impressionnée, surtout par la démonstration avec le pur-sang arabe. J'ai beaucoup appris.

Laura se détendit. La cliente s'intéressait à leurs méthodes, c'était bon signe.

— Vous avez déjà travaillé avec des poulains, madame Morgan ? demanda-t-elle.

— C'est ma spécialité. J'ai une petite écurie de deux poulinières. J'ai déjà élevé pas mal de poulains, mais je continue à apprendre tous les jours.

Elle passa la main sur les flancs d'Aube, puis lui demanda de donner ses pieds, l'un après l'autre. La pouliche s'exécuta volontiers.

— Vous avez bien avancé, apprécia la visiteuse.

— Oui, mais ça n'a pas toujours été aussi simple.

Laura raconta les débuts épiques de la pouliche. La femme l'écouta avec attention.

— Écoutez, si vous acceptez de me confier ces deux-là, je vous appellerai régulièrement. Je ne suis pas loin, vous pourrez nous rendre visite pour apprécier leurs progrès et me donner des conseils.

Ces paroles allèrent droit au cœur de la jeune fille. Elle croisa le regard de Ted, qui hocha la tête.

— Ça serait formidable, approuva-t-elle.

— Marché conclu, alors. Je suis encore

en travaux, mais je passerai les prendre dans quelques jours, quand leur stalle sera terminée.

Elle donna une poignée de main chaleureuse aux deux jeunes gens, avant d'ajouter :

— Vous faites un super-boulot, Laura. Ça doit être terrible de perdre sa mère. Mais je suis sûre qu'elle aurait été fière de vous. Vraiment.

Laura regagna l'écurie en songeant au plaisir qu'elle prenait autrefois à voir travailler sa mère. Elle lui avait transmis sa passion.

Tom sortait du box de Prince, le sac de pansage sur l'épaule. Il regarda la jeune fille droit dans les yeux.

— Je voulais m'excuser pour mon attitude au début. J'étais renfermé sur moi-même. Mais c'est fini. Prince a besoin de moi, il n'a plus confiance en rien parce qu'il ne comprend pas ce qui lui est arrivé. Comme moi avant votre arrivée. Je ne le lâcherai pas, jusqu'à ce qu'il reprenne espoir. Je peux revenir demain ?

Laura eut envie de sauter de joie. Tom acceptait de se battre !

— Venez quand vous voulez. Et n'oubliez pas que nous sommes là pour vous aider.

— Très bien. Le voyage en car est rapide. Alors à demain, Laura.

L'étalon le regarda s'éloigner. Quand la porte de l'écurie se referma, il poussa un hennissement de détresse.

— N'aie pas peur, dit Laura. Il va revenir.

Le cheval l'ignora, les yeux fixés sur la porte. Elle voulut le caresser, mais il renâcla et fit mine de la mordre. La jeune fille soupira. Il fallait vraiment des trésors de patience avec celui-là !

— Dessinez de petits cercles avec vos doigts.

Laura venait de rentrer du collège, et déjà, elle était au travail avec Tom. Il était revenu deux fois depuis le dimanche. Prince progressait. En présence de son soigneur, Laura pouvait maintenant l'approcher : il la laissait même lui passer le licol et le panser, pourvu qu'elle ne s'attarde pas. Mais il restait dangereux. Chaque départ de Tom le plongeait dans l'anxiété. La nuit, il continuait de tourner sans répit dans son box.

Suivant les indications de la jeune fille, l'homme massait maintenant l'épine dorsale du cheval, ses doigts agissant en rythme vertèbre par vertèbre.

— Voilà, il se détend déjà, approuva Laura. Continuez tout seul. Il est encore inquiet quand je suis là.

Elle s'en alla aider John à distribuer les rations du soir. C'était le jour de congé de Ted et il y avait du pain sur la planche.

— Ça va ? demanda le jeune homme tandis qu'ils remplissaient les seaux d'orge et d'avoine.

— Doucement. Mais on n'est pas au bout de nos peines.

— Il va encore rester longtemps, alors ?

Laura lui jeta un bref regard. Malgré l'effet apaisant de la lavande, Rainbow n'était toujours pas redevenu lui-même. Et John n'avait qu'une hâte : que Prince rejoigne le haras.

— En fait, Tom progresse bien de son

côté, mais la question est de nous faire accepter à notre tour. C'est ce que veut le propriétaire : Prince doit pouvoir être manipulé par n'importe qui. Et ça peut prendre des semaines.

— Que deviendra Tom, alors ?

— Aucune idée, John. C'est un dur à cuire, tu sais.

— N'empêche qu'il va être déchiré s'ils sont de nouveau séparés. Imagine qu'on m'arrache Rainbow – et encore, on n'a pas vécu le même drame...

Laura se figea. Elle n'y avait pas pensé. Elle avait tout fait pour réunir l'homme et le cheval ; désormais, ils réapprivoisaient leur passé ensemble, pas à pas. Mais plus Prince progressait, plus le jour de son départ – et de sa séparation d'avec Tom – approchait. Une fois encore, l'ancien palefrenier allait se retrouver seul, sans travail et sans avenir.

Allait-il le supporter ? Laura avait-elle trouvé le moyen de sauver Prince – aux dépens de Tom Bailey ?

Le samedi suivant, Laura demanda à Lou et à son Grand-père de la rejoindre dans la sellerie. Il fallait vraiment réaménager l'endroit.

— On pourrait garder celle-là, proposa-t-elle en montrant la photo de sa mère sur Pegasus. Et déplacer les autres.

— Oui, on les mettra dans la maison, dit Jack.

— J'ai regardé le prix des porte-selles, déclara Lou. C'est raisonnable. Il t'en faut combien ?

— Vu l'espace disponible, six. Ça serait super.

— Ça marche, je les commande lundi.

Ted passa la tête dans l'entrebâillement de la porte.

— Hé ! Y en a du monde, là-dedans ! Je peux avoir la bride de Prince ? Et la longe, là.

— La bride de Prince ? s'étonna Jack.

— Oui, Tom est prêt à le longer. On y a réfléchi avec Laura, hier, et on a décidé que John et moi l'assisterions, en cas de pépin.

— Ça, c'est un progrès ! J'en suis ravi. Vous avez prévenu Luke Norton ?

— Non, avoua Laura. En fait, je l'ai un peu fait exprès. Je voulais leur laisser du temps, avant que Prince ne parte au haras. Mets-toi à la place de Tom : ça va lui briser le cœur.

Ted approuva. Jack se frotta le menton d'un air pensif.

— Il faut quand même prévenir Norton. On lui a promis de le tenir au courant. De toute façon, on ne va pas garder Prince éternellement. Il a déjà causé assez d'ennuis.

Laura baissa la tête. Elle avait beau retourner le problème dans tous les sens, elle se retrouvait toujours au pied du mur. Un jour ou l'autre, Tom serait séparé de Prince.

— Laissons-nous le temps de réfléchir, reprit Grand-père. Appelle Norton, dis-lui que le cheval progresse et qu'il va s'en sortir, mais sans parler de délai. Il faut que Tom se prépare à la séparation. Elle est inévitable.

Laura soupira. Au moins, rien ne pressait. Avec un peu de chance, elle trouverait peut-être une solution d'ici là.

Elle composa rapidement le numéro de Brookland, le cœur battant.

— Allô ? Pourrais-je parler à M. Norton, s'il vous plaît ? De la part de Laura Fleming.

— Laura ! Bonjour, c'est moi. Les nouvelles sont bonnes ?

— Oui... Prince a bien progressé depuis une semaine. Il est plus calme et nous avons commencé à le longer.

— Pas possible ! M. Hartley sera heureux de l'apprendre. Il voulait justement passer vous voir, jubila Norton.

— Ah ? Quand ça ?

— Aucune idée. Juste une petite visite, à mon avis, un jour où il serait dans les parages. Je peux lui donner votre accord ?

— Oui, bien sûr. Nous l'attendons.

Laura raccrocha lentement. Elle ne pouvait plus reculer, il fallait parler à Tom.

16

Prince trottait sur la piste autour de son soigneur posté au centre du manège. Sa tête s'abaissait chaque fois que sa jambe blessée touchait le sol, mais il paraissait plutôt détendu. Laura fut frappée par l'attitude de l'ancien palefrenier. Il avait l'air sûr de lui, en pleine possession de ses moyens. Rien à voir avec l'homme qu'elle avait connu, prostré dans sa chambre derrière des rideaux fermés. Elle s'accouda à la barrière à côté de Ted et John.

— Il répond bien aux ordres, on dirait, remarqua-t-elle.

— Oui. Tu as pu joindre Norton ?

Elle ouvrit la bouche, puis s'interrompit.

Tom les avait entendus. Il arrêta Prince et s'approcha.

— Vous avez appelé Luke Norton ?

— M. Hartley veut voir Prince.

— Déjà ?

Sa voix n'était plus qu'un murmure. Laura hocha la tête.

— Vous vous entendiez bien ?

— Oh, il n'avait rien contre moi avant l'incendie, je ne sais pas ce qu'il en pense aujourd'hui, expliqua Tom. Sa visite signifie que Prince va partir, n'est-ce pas ?

— Malheureusement, oui. Je suis désolée, Tom, la roue tourne, on n'y peut rien. M. Hartley vous laissera peut-être lui rendre visite au haras.

Malgré ses efforts, elle sentit que ses paroles sonnaient creux.

— Peut-être, chuchota le palefrenier.

Tom conduisit Prince à la porte. Tête basse, il remonta le sentier jusqu'aux écuries, suivi des jeunes gens.

— Tu n'es pas responsable, souffla Ted à Laura, comme s'il lisait dans ses pensées. Tom est plus fort que le jour où tu l'as rencontré, ne l'oublie pas. Tu as déjà beaucoup amélioré les choses, mais tu ne peux pas tout contrôler.

La jeune fille leva les yeux et lui sourit. C'était la voix du bon sens.

De retour du collège, Laura laissa tomber son sac près de la porte. Plusieurs jours avaient passé et le propriétaire de Prince ne s'était toujours pas montré.

— Ah, te voilà ! dit Lou. Regarde !

Laura se pencha par-dessus son épaule.

— Je viens de recevoir la brochure du fabricant de litière. Tu as vu les photos d'Heartland ? Elles sont super !

— Ouais, pas mal.

— Quel enthousiasme !

— Qu'est-ce que tu veux que je te dise ? Elles sont pas mal, c'est tout.

Elle n'était pas d'humeur à parler brochures.

— Merci beaucoup, dit Lou.

— Excuse-moi. J'ai tellement hâte qu'Hartley vienne ! Au moins, on saura à quoi s'en tenir.

– En tout cas, ça ne changera rien de faire la tête en attendant !

Laura faillit répliquer, mais elle se contint. Elle s'entendait vraiment bien avec sa sœur maintenant, ça serait dommage de tout gâcher. Elle préféra changer de sujet.

— Jess Morgan a appelé ? demanda Laura.

— Ah oui, je voulais te prévenir, répondit Lou en retrouvant le sourire. Elle passera chercher les juments demain, en fin d'après-midi. J'ai pensé que tu préférerais être là.

— Bon... c'est ma dernière séance de travail avec Aube, alors.

Elle décida de faire un ultime tour du ranch avec sa protégée. À son habitude, la pouliche se montra curieuse de tout : un pneu de tracteur abandonné, une meule de paille recouverte de toile goudronnée. De retour dans la cour, Laura lui massa longuement le dos.

— Tu vas voir, ta nouvelle maîtresse va te plaire, chuchota-t-elle. Tu auras une belle vie.

Brusquement, elle sentit des yeux posés

sur elle. C'était Tom, qui observait le mouvement de ses doigts le long de l'encolure.

— Elle part demain, expliqua-t-elle. Je lui offre un dernier petit plaisir.

— Vous avez l'air sacrément proches, toutes les deux.

— Oui... ça va être un déchirement de la quitter.

— Mon tour arrive. Vous m'avez beaucoup appris, Laura. Sans vous, je serais encore enfermé dans ma chambre. Je vais profiter au maximum du temps qui me reste avec Prince, pendant que c'est possible.

L'émotion s'empara de la jeune fille. Elle admira le courage de l'homme.

— Qu'est-ce que vous allez faire après, Tom ?

— Les médecins m'ont dit que je pouvais retravailler. Ma vision de l'œil gauche est suffisante. Donc, je vais chercher du boulot. J'aimerais trouver quelque chose dans le monde du cheval, mais je n'y compte pas trop.

Laura reconduisit Aube à son box. Elle aurait bien engagé Tom, malheureusement,

Heartland n'avait pas les moyens de s'offrir un autre palefrenier.

— Je suis sûre que vous trouverez !

— On verra. Bon, je vais longer Prince avant la nuit.

Comme elle refermait la porte, Laura entendit un bruit de moteur. Était-ce déjà Jess, venue prendre Aube et Melody un jour plus tôt ? Non, elle n'avait jamais vu la voiture. Trop luxueuse. Ça ne pouvait être que M. Hartley.

Elle pressa le pas dans la direction de l'homme qui descendait du cabriolet. Il lui parut familier : bien sûr, elle l'avait vu sur la cassette, aux côtés de Prince.

— Monsieur Hartley ? Je suis Laura Fleming.

— Enchanté. Mais oubliez le monsieur. Je m'appelle Dan.

— Voici ma sœur, Lou. C'est elle qui vous a contacté à Brookland.

La jeune femme s'approcha, main tendue.

— Comment va Prince ? demanda Dan Hartley.

— Bien. Je vous emmène. Lou, tu peux aller chercher Ted et Grand-père ?

Ils prirent la direction du manège. De loin, Laura aperçut l'étalon, l'encolure arrondie et l'allure fluide, boiterie mise à part.

— Le voilà.

Dan Hartley ouvrit des yeux ronds.

— Bon sang ! Il est presque comme avant !

Laura aurait voulu prévenir Tom. Mais celui-ci avait déjà repéré le visiteur et mis le cheval au pas.

— Qui est cet homme avec lui ? demanda Hartley. Il me dit quelque chose.

— C'est Tom Bailey. Son ancien soigneur.

— Tom ! Ça alors, j'ai du mal à le reconnaître. Le pauvre, mais il a été pris dans l'incendie lui aussi ! Je ne savais pas – on m'avait juste annoncé son départ... Que fait-il ici ?

— Je suis allée le chercher. On avait de sérieux problèmes avec Prince. Il revivait sans cesse l'accident, c'était impossible de l'en sortir. Alors, nous avons pensé à Tom : lui seul pouvait l'aider.

Après une légère hésitation, elle ajouta :

— Il nous a permis de progresser à pas de géant. Il est entré presque tout de suite en communication avec Prince. Nous avons gagné un temps précieux.

L'ex-palefrenier obtint un arrêt parfait de l'étalon. Dan Hartley demeura silencieux, perdu dans ses pensées.

— Eh bien... c'est vraiment étonnant, finit-il par commenter. Je ne m'attendais pas à un tel changement. Pour être franc, je pensais que Prince était perdu.

Laura sourit.

— Aucun cheval n'est jamais perdu. Mais sa rééducation n'est pas terminée. Il faut s'assurer qu'il donne sa confiance à d'autres que Tom. S'il n'acceptait que lui, cela ne vous servirait à rien, n'est-ce pas ? C'est la prochaine étape.

Grand-père, Lou et Ted les rejoignirent. Dan Hartley paraissait pensif. Appuyé à la barrière, il regarda Tom renvoyer le cheval sur la piste dans l'autre sens. Puis, à la surprise de Laura, il lui fit signe d'approcher.

17

L'ancien soigneur marcha jusqu'à la barrière, enroulant soigneusement la longe au fur et à mesure.

— Tu te souviens de moi ? demanda Dan Hartley.

— Bien sûr, monsieur.

— Tu fais un sacré boulot avec Prince. Jamais je n'aurais cru qu'il s'en sortirait. Laura m'a dit que, sans toi, ça n'aurait pas été possible.

— Je ne sais pas, monsieur, protesta Tom, gêné. Elle m'a persuadé de venir. Je ne me croyais pas capable de regarder Prince en face. Mais je suis content de l'avoir fait. Il est pratiquement redevenu lui-même.

— C'est spectaculaire, en tout cas. Je ne sais comment te remercier.

— Oh, c'est inutile. Le voir reprendre goût à la vie me suffit.

— Ça te plairait de continuer à suivre ses progrès ?

Tom parut décontenancé. Dan Hartley ne le quittait pas des yeux.

— Euh, oui... évidemment.

— Ils auront besoin de toi, au haras. Qu'est-ce que tu dirais d'y accompagner Prince ?

Tom resta sans voix.

— Quand il sera prêt, naturellement. Si j'ai bien compris, vous n'avez pas tout à fait fini ici. Mais il aura toujours besoin d'un soigneur. Tu es marié, non ? Vous pourriez vous installer dans l'un des logements de la propriété, il y en a un de libre, je crois.

L'ancien palefrenier sourit jusqu'aux oreilles.

— C'est vraiment généreux de votre part, monsieur. Je serais fier de soigner Prince pour vous.

— Tope là.

L'accord fut scellé d'une poignée de

main. Hartley se tourna vers Jack et Ted. Laura fit rapidement les présentations, puis ils s'en retournèrent vers la maison. Grand-père passa le bras autour des épaules de sa petite-fille.

— Tu as eu raison d'insister, lui glissa-t-il. Quand on veut vraiment quelque chose, on finit par l'obtenir. Tu l'as brillamment démontré à Tom. Ainsi qu'à nous tous.

Laura laissa Prince arriver à sa hauteur. Tom paraissait encore sous le coup de la surprise.

— Si je m'y attendais... Je croyais que tout était fini pour moi.

— Alors que vous avez la vie devant vous, tous les deux, répliqua la jeune fille en caressant la crinière de l'étalon.

— Je vais chercher les couvertures de Melody, annonça Ted.

Jess Morgan venait d'arriver, une heure environ après le retour de Laura du collège.

La jeune fille se dirigea vers la stalle des deux juments. Elle regarda Melody tirer sur son foin.

— C'est l'heure, dit-elle doucement.

Elle entra, suivie de Ted. Ensemble, ils bouclèrent les protections de transport, puis sortirent la mère et sa fille dans la cour. Jess s'approcha, vérifia les derniers détails et prit la longe de Melody des mains de Ted.

— En route !

La jument regarda d'un œil apeuré la rampe d'accès au camion. Laura se souvint qu'elle n'avait jamais aimé les voyages. Elle s'avança et lui caressa l'encolure, tandis que Jess lui parlait d'une voix apaisante.

— Salut, Melody, chuchota Laura. Allez, vas-y, ma fille.

Elle adressa un sourire à Jess et, après quelques soufflements nerveux, la jument la suivit dans le camion. C'était maintenant le tour d'Aube. Laura s'agenouilla et entoura brièvement son encolure de ses bras. La pouliche la poussa du nez.

— Au revoir, ma belle.

Après un dernier baiser sur les naseaux soyeux, Laura se releva, la vue obscurcie par les larmes. Elle tendit la longe à Jess. Il y aurait d'autres Aube et d'autres Melody : des juments en travail ayant besoin d'aide, des poulains à rassurer et à encourager –

mais aucun ne lui serait jamais aussi cher que cette petite pouliche. Elle venait de perdre une partie d'elle-même.

Jess montra la rampe à Aube, qui la flaira avec curiosité, avant de s'y engager vaillamment pour rejoindre sa mère. Laura jeta un dernier regard dans la stalle. Aube se retourna, semblant l'interroger du regard. Un doux hennissement monta de sa poitrine, comme pour dire au revoir, pendant que Jess refermait le panneau.

Ted aida la nouvelle propriétaire à tirer les verrous. Jack passa le bras autour des épaules de Laura, tandis que Lou prenait sa main de l'autre côté.

— Au revoir alors, et merci pour ces deux superbes chevaux !

— Nous sommes là pour ça, répondit Laura en souriant. À bientôt, Jess. Je passerai vous voir, comme promis.

Le camion démarra. Laura leva la main, le cœur gros.

— Bonne chance... murmura-t-elle.

Tu as aimé

Le champion brisé,

alors découvre vite un extrait de

Le cœur noué,

tome 8 de la série

Heartland

[...]

Un concert de hennissements accueillit Laura. Malgré sa mauvaise humeur, au contact des chevaux, elle ne put s'empêcher de sourire.

Elle s'arrêta à chaque stalle, le temps d'une caresse et d'une friandise. Ted sortit la tête du box de Plume.

— Salut !

— Salut, répondit Laura, les mains enfouies dans la crinière blonde de Sugarfoot.

Le jeune homme perçut tout de suite sa morosité.

— Qu'est-ce qu'il y a ?

— Rien.

Elle leva les yeux. Ted la fixait d'un regard inquiet. D'un coup, tout ce qu'elle avait sur le cœur remonta à la surface.

— C'est à cause de Papa. Je ne veux pas le voir, tu comprends ?

Il s'avança, posa la main sur l'épaule de la jeune fille.

— Ça ne va pas être facile. Mais c'est le meilleur moyen de renouer avec le passé... essaie au moins une fois. Si vous n'accrochez pas, tant pis. Mais tu auras la conscience tranquille.

Il l'attira contre lui. Elle vit ses lèvres approcher, ferma les yeux... et entendit John siffloter à l'entrée de l'écurie. Ils se séparèrent d'un bond. À part sa meilleure amie Soraya, personne ne se doutait du cours nouveau qu'avait pris leur amitié. Et c'était très bien comme ça – tant qu'ils ne savaient pas eux-mêmes où cette histoire allait les mener.

— Alors, le voilà, ce nouveau cheval ? demanda John.

Il examina Plume d'un œil expert. Il avait passé six ans au haras de sa tante, éleveuse de pur-sang arabes, et il connaissait parfaitement la race.

— Excellente lignée, apprécia-t-il. Reste à savoir quelle mouche l'a piqué ce matin.

Une fois les boxes faits et les chevaux nourris, la jeune fille rentra enfin à la maison.

Lou préparait le dîner.

— Où est Grand-père ? demanda Laura.

— Sous la douche. On mange dans dix minutes.

— Super, j'ai une faim de loup !

Quand ils furent à table, Lou prit la parole :

— Je ne voulais pas vous le dire tout de suite, mais je n'aurai jamais la patience d'attendre. Voilà : j'ai une idée géniale pour améliorer notre chiffre d'affaires !

— C'est reparti... soupira Laura.

— Moque-toi ! J'ai rendez-vous lundi en ville. Si ça marche, je vous expliquerai tout le soir même. Vous verrez, ça va être du tonnerre ! On pourra demander son avis à Papa, le week-end prochain.

Laura regarda son grand-père. Il n'avait jamais pardonné à son gendre d'avoir disparu dans la nature. Ses mâchoires se serrèrent, mais il ne souffla mot.

— Il arrive à quelle heure ? demanda-t-il à Lou.

— Vers dix heures, samedi. Je brûle d'impatience de le voir. Pas toi, Laura ?

Celle-ci se força à sourire, mais ne répondit pas.

— Je ne sais pas si je serai là, annonça Jack.

Laura lui jeta un regard inquiet. Revoir son père était déjà un effort, mais sans Grand-père... comment pouvait-il la laisser tomber à un moment pareil ?

— Ça vaut mieux pour tout le monde, expliqua-t-il calmement.

— Bon, si tu préfères, admit Lou. Merci quand même de nous laisser recevoir Papa ici.

« Tu aurais mieux fait de refuser ! » eut envie de hurler Laura.

Avant de se coucher, elle sortit un vieil album de photos de sa bibliothèque. On y voyait des clichés de la famille en Angleterre, antérieures à l'accident : cette terrible chute au championnat du monde de saut d'obstacles avait longtemps laissé Tim Fleming handicapé, mettant fin à sa carrière professionnelle. Peu après, il avait disparu. Quand elle avait compris qu'il ne reviendrait pas, Marion s'était décidée à vendre leur maison pour retourner sur les lieux de son enfance, en Virginie. Laura n'avait que trois ans. Lou, âgée de onze ans, avait supplié sa mère de la laisser dans sa pension anglaise, persuadée que son père reviendrait la chercher.

Laura feuilleta l'album. L'une des photos retint son attention. Les deux sœurs y posaient côte à côte sur leurs poneys. Elle se revit à trois ans, perdue dans une culotte de cheval trop grande, à côté de son aînée radieuse entre ses deux nattes blondes, serrant dans sa main une coupe d'argent.

Comment imaginer que cette enfant éclatante de bonheur ait pu devenir l'adulte froide et réservée qu'était Lou aujourd'hui ?

Marion se tenait près d'elle, les yeux rieurs, le bras négligemment posé sur l'encolure du cheval, ses cheveux clairs soulevés par la brise. Le chagrin transperça Laura. Les yeux brouillés de larmes, elle détourna le regard pour observer le portrait de son père. Grand et brun, il souriait à Lou sans chercher à masquer une fierté débordante.

La jeune fille sentit une boule se former dans sa gorge. Il était tellement beau alors, il semblait si fort, si heureux ! Rien à voir avec l'homme fatigué qu'elle avait aperçu en novembre dernier, sur la tombe de sa mère.

Qu'allait-elle pouvoir lui dire ?

Un coup frappé à la porte la tira de ses réflexions.

— C'est moi, annonça simplement Lou en entrant. Je me fais un chocolat. Ça te tente ?

Elle remarqua l'album sur les genoux de sa sœur.

— Tu as sorti les photos.

— Oui, répondit Laura. Tu te souviens de ce jour ?

— Bien sûr. J'avais gagné un concours open. J'étais tellement contente que Papa me regarde ! Je voulais devenir cavalière professionnelle, comme lui.

Elle marqua une pause avant d'ajouter :

— Tout avait l'air si simple...

Laura sentit une note étrange dans sa

voix. De la tristesse, du chagrin ? Mais déjà, la jeune femme s'était redressée, le visage aussi lisse que d'ordinaire.

— Alors, tu veux un chocolat ou pas ? demanda-t-elle rudement.

— Euh... non, bafouilla Laura, prise de court par ce brusque changement d'humeur.

— Très bien. Alors bonne nuit.

La porte se referma. Non, il n'y avait pas que de la tristesse dans sa voix. Laura chercha le mot – des regrets. Oui, c'était ça...

Dans la collection :

Heartland

1. Je reste !
2. Après l'orage...
3. Une nouvelle chance ?
4. Le prix du risque
5. L'impossible retour
6. Un jour, tu comprendras...
7. Le champion brisé
8. Le cœur noué
(À paraître en avril 2002)

Cet ouvrage a été composé par
PCA - 44400 REZE

Imprimé en France sur Presse Offset par

BRODARD & TAUPIN
GROUPE CPI

10609 - La Flèche (Sarthe), le 07-02-2002
Dépôt légal : février 2002

POCKET jeunesse
12, avenue d'Italie • 75627 PARIS Cedex 13
Tél. : 01.44.16.05.00